AF177140

www.tredition.de

ROY KOEPSELL

TIERE FRESSEN MENSCHEN.

– WERDE MENSCH, GLAUBE AN DAS GUTE.

www.tredition.de

Verlag & Druck: tredition GmbH, Halenreie 40-44, 22359 Hamburg

ISBN
Paperback: 978-3-347-06478-2
Hardcover: 978-3-347-06479-9
e-Book: 978-3-347-06480-5

DIE PERSONEN.

Knut – der Protagonist.

Werner – sein Großvater väterlicherseits.

Ingrid – seine Großmutter väterlicherseits.

Thilo – Nachbarjunge von Knuts Großeltern.

Olaf – Knuts Vater; Sohn von Ingrid & Werner.

Karola – Knuts Mutter; Ehefrau von Olaf.

Karolas Eltern – bleiben namenlos.

Jens – Knuts Arbeitskollege.

Vincent – prägt ihn.

Anna V. – Knuts Therapeutin.

Gerd – Knuts ungeliebter Vorgesetzter.

Jochen – Knuts Verbündeter in der Fabrik.

Die Fähe – die Protagonistin.

ERSTER

TEIL

·

RASTLOSIGKEIT.

KAPITEL EINS.

Nichts ließ zu diesem Zeitpunkt darauf schließen, dass er sich auf der größten Reise seines Lebens befand. Das treibstoffhungrige Passagierflugzeug donnerte an Knut vorbei und hievte den aufgedruckten Kranich, der das vertikale Stabilisierungselement des Fliegers zierte, unter Volllast der Triebwerke gen Himmel. Er hatte sich auf einem grüngrasigen Hügel oberhalb der Startbahn niedergelassen, um den idealen Blick auf das Geschehen zu haben. Eine Gruppe Gänseblümchen beobachtete den Trubel mit ihm gemeinsam. Zu Knuts Verwunderung zogen sie ihre feinen weißen Blütenblätter in Windeseile zusammen, nachdem die geballte Wucht der Turbinen die Anhöhe des Hügels passierte. In einem, mit prächtigen Farbfotos ausstaffierten Buch über Wildkräuter hatte er herausgefunden, dass Gänseblümchen heliotrop veranlagt sind und sich stets der Sonne zuwenden. Sie schließen ihre Blütenköpfe prinzipiell nur, wenn die Abenddämmerung einbricht oder sie von einem heftigen Regenschauer überrascht werden. Doch der hellste aller Sterne thronte inmitten seines Zenits und der sommerlich blaue Himmel untersagte jede noch so schüchtern inszenierte Wolkenaufführung.

Derweil versuchte Knut sich in die kleinen Korbblütler einzufühlen und sogleich zu ergründen, warum sie derart impulsiv auf die Kraft der Flugzeugturbinen reagierten. Im Schneidersitz hockend, legte er seine rechte Hand flach auf den Boden und lauschte simultan tief in sich hinein.

Fast wirkte es so, als könne er den Herzschlag des Untergrundes spüren, als ein weiterer Flieger mit großem Getöse startete und auf Hügelhöhe den Kontakt zu der feinporig asphaltierten Oberfläche verlor. Die Gänseblümchen reagierten erneut geistesgegenwärtig und schotteten sich von ihrer Außenwelt ab. Knut fühlte sich verbunden. Wie und mit wem wusste er nicht – einleuchtend war ihm lediglich, dass es der Fall sein musste.

Als er am Abend in seiner überschaubaren Einzimmerwohnung eintraf, war es – wie häufig in den Sommermonaten – sehr stickig und schwül und die schwere Luft verharrte inmitten der Gemäuer. Den kombinierten Wohn- und Schlafraum füllten einige schlichte Kiefernholzmöbel. Ein dunkelgrünes Schlafsofa, welches bündig zur Wand aufgestellt war, diente ihm als weiche Ruhestätte. Knut klappte die Couch gewöhnlich allmorgendlich ein, um für konstante und geordnete Strukturen zu sorgen. Und für den Fall, dass sich unerwartet Besuch ankündigte. Doch infolge seiner Verwirrung zu Tagesanbruch verkürzte sich das offene Zeitfenster, welches ihm ermöglichte, sich an seine selbst verordnete Routine zu halten. Mit der Absicht, den sonntäglichen Flohmarkt vor dem Ansturm der Menschenmassen zu erreichen, hatte er seine Wohnung an jenem Morgen um Punkt fünf verlassen. Dadurch ergab sich für ihn die Möglichkeit, die vielfältigen Stände mit meditativer Ruhe nach seltenen Kostbarkeiten zu durchstöbern.

In seinen Gedanken versunken, faltete er die wertvolle Vierjahreszeitendecke akribisch zusammen, die in wilder Formgebung auf seinem Schlafplatz vegetierte. Die graugrüne Bettwäsche war aus einhundertprozentigem Polyester gefertigt worden und hatte die Maße von 135 mal 200 Zentimetern. Auf den Inhalt seines Bettzeuges hatte Knut besonderen Wert gelegt, als er die Decke vor rund vierzehn Jahren kaufte. Nachdem er sich detailliert und weitschweifig mit der Materie auseinandergesetzt und den Kauf über sieben Monate hinausgezögert hatte, entschied er sich für eine Füllung mit wilden, isländischen Eiderdaunen. Ihn interessierte das Gefieder dieser Enten, welches jedem arktischen Sturm und Starkregen trotzt und den Leib des Tieres auf perfekte Weise isoliert. Bezogen auf seinen erholsamen Schlaf begeisterte ihn besonders die Tatsache, dass sich die feinen Daunen in den Wintermonaten aufplusterten und ihre wohlige Wärme direkt an Knuts Körper weiterleiteten. Doch sobald der Sommer seine hitzigen Winde über das Land stülpte, verringerte sich ihr Volumen und die kleinen Ärmchen des Flaums flachten sich automatisch ab. Die Natur agiert unentwegt im Nanobereich – unabhängig von unserem Tun und Treiben.

Nachdem sich Knut eine Dose Ravioli mit Fleischbällchen aufgewärmt und sein Abendessen innerhalb weniger Minuten verspeist hatte, blätterte er durch einen Bildband. Dieser setzte sich mit den Werken der Post-Impressionisten auseinander und beleuchtete das kreative Schaffen und Wirken der Künstler. Knut hatte den Einband im frühen Morgengrauen auf dem Flohmarkt erstanden und wirkte überrascht von der niedrigen Preisvorstellung des Verkäufers. Ohne langes Feilschen erwarb er das Buch. Auf Seite sechsundachtzig fand sich ein Abbild von Vincent van Goghs *Sternennacht*, dessen Farbverläufe Knut minutiös mit denen auf seinem Kunstdruck abglich, welcher oberhalb seines einfachen Schreibtisches verweilte. Durch sein feinfühliges Wesen war er in der Lage, selbst minimalste

Unterschiede zwischen der bedruckten Buchseite und der physischen Reproduktion ausfindig zu machen. Beispielsweise bemerkte er, dass die Lichtquellen in den Stadthäusern auf seinem Kunstdruck von einem intensiveren Gelb ausgefüllt waren, als dies in dem Bildband der Fall war.

Nach einigen Minuten der inneren Einkehr legte er seinen Flohmarktfund beiseite und versuchte zu schlafen. Am morgigen Montag galt es vier Uhr aufzustehen, um pünktlich zum Glockenschlag der Sechs-Uhr-Position bei der Arbeit zu erscheinen. Ihm blieben noch fünf Stunden und vierzehn Minuten Zeit, bis der Wecker klingeln würde. Als er endlich einschlief, war es 01.37 Uhr. Zeit ist vergänglich, dachte er sich im Halbschlaf.

Morgens um halb vier wachte Knut plötzlich auf. Übermannt von einer Welle drängender Leere, wohnte ihm nicht die minimalste Ahnung inne, aus welcher Gefühlswelt dieses übergriffige Nichts gespeist wurde. Um sich zu vergewissern, dass er wirklich wach war, zitierte er in gemäßigter Lautstärke aus einem seiner selbstgedichteten Verse und nahm die Sequenz mit seinem Handy auf. Und tatsächlich, sein Wortlaut befand sich anschließend abgespeichert auf dem Smartphone. Knut wusste, welch realistische Träume er von Zeit zu Zeit hatte. Danach war er nie sicher, ob das Erwachen ebenfalls nur in seiner Einbildung stattfand. Die Methode, sich selbst aufzunehmen, half ihm seit etwa sieben Monaten dabei, nach jeder nächtlichen Illusion wieder in der Realität anzukommen. Ob das Träumen und Wachen in zwei unterschiedlichen Welten stattfände, wusste er nicht. Viel hatte er darüber gelesen, so auch bei Freud, doch eine für ihn schlüssige Antwort erhielt er nicht.

Knut ging zur Toilette, setzte sich passgenau auf die Schüssel und startete ein zweites Mal den Mitschnitt seines Handys:

Acheron steht;

rauer Wind weht

die Leiden fort –

Odium geht.

Mensch, werde Mensch!

Unerwartet drängelte sich ein erbärmliches Quieken in die Aufnahme, welches so nur Schweine ausstoßen, die sich von ihren Todesängsten überwältigt fühlen. Knut ließ das Smartphone auf den Boden fallen und drückte seine beiden, zu Fäusten geballten Hände auf sein linkes und rechtes Ohr. Sogleich presste er seine Augen zusammen und verharrte in der Hoffnung, das Geräusch werde schnellstmöglich weichen. Er atmete etwa dreißig Mal tief durch und mit dem Heben und Senken seines Brustkorbes kehrte tatsächlich Ruhe ein. Nach einigen Minuten der Körperstarre machte sich ein greller, analytischer Ton breit, dessen Schwingungen zielgerichtet die Toilette erreichten. Es war vier Uhr und der Wecker klingelte. Zeit, zu duschen.

Der Wasserstrahl verteilte sich halbwegs gleichmäßig über Knuts Körper. Hier und da half er nach und lenkte das kühle Nass ebenso in jene Bereiche, die weniger gut mit Wasser benetzt wurden. Er war nicht nur körperlich nackt, er fühlte sich auch innerlich freigelegt und zunehmend ausgedünnt. Als ob sein Innerstes ununterbrochen nach Wegen suchte, um ihn und seine physische Hülle zu verlassen. Vielleicht duschte er gerade seine eigene Persönlichkeit ab. Womöglich glitt in diesem Moment alles aus ihm heraus, das ihm lieb und teuer war. Knut befand sich in einem Gedankenstrudel. Er wollte nicht, dass er sich auflöst. Sogleich stellte er die Dusche ab und patschte mit nassen Füssen auf den gefliesten Boden. Das Badezimmer besaß kein Fenster, sondern nur einen Luftschacht, der die Feuchtigkeit nach außen beförderte. Knut wischte die Fliesen akribisch trocken und bemerkte nach einigen Minuten, dass er in Verzug war. Um nicht zu spät bei der Arbeit zu erscheinen, nahm er flink seinen Rucksack und packte eine Tüte Würstchen ein. In der S-Bahn würde er genug Zeit haben, um zu frühstücken. Als er die Tür zu seiner Wohnung penibel abschloss, war es 05.06 Uhr. Eine Minute später als sonst. Höchste Zeit, zur Arbeit zu starten.

In siebzehn Minuten würde die Sonne aufgehen. An diesem kühlen Sommermorgen im Juli war es fast windstill. Minimale Luftzüge wechselten zusammen mit wenigen Passanten die Straßenseite. Knut hielt Abstand zu jedem Menschen, der in sein Sichtfeld gelangte. Mal schaute er auf den Boden, mal in die entgegengesetzte Richtung. Und doch stets gezielt einen anderen Weg suchend, als seine Mitmenschen ihn wählten. Er beeilte sich dennoch, schließlich wollte er die S-Bahn nicht verpassen. Knut suchte seinen Platz im Waggon sehr gezielt aus. Wie voll war der Mülleimer neben der Sitzreihe? Fanden sich Süßigkeitsreste auf den Polstern? Roch es nach Schweiß oder gar Urin? Mit wie vielen Menschen entstand ein möglicher Blickkontakt? Knut bewegte sich hypnotisch durch den Zug und setzte sich nach einigem Zögern. Nur eine junge Frau erspähte sein Sichtfeld. Sie war Mitte dreißig, locker gekleidet und ihre blonden Haare fielen linksseitig auf die Sitzlehne.

Die glatte Mähne war zum Zopf gebunden und mit einem Haargummi fixiert. Die Frau bewegte sich wenig, sodass nicht zu erwarten war, dass viele Haare durch den Waggon wandern werden. Knut entspannte sich leicht, lehnte sich an seinen Polstersitz und schaute auf seinen Zeitmesser. Es handelte sich um eine traditionelle Ruhla-Armbanduhr aus vergangenen DDR-Tagen, die er von seinem Großvater geschenkt bekommen hatte, als er sieben Jahre alt war. Das Zifferblatt war in einem edlen Braunton gehalten, der dem reifer Haselnüsse glich. Die arabischen Zahlen verweilten ruhig und sachlich am äußeren Gehäuserand der Uhr. Lediglich der schwarze Sekundenzeiger sorgte für ein wenig optisches Aufsehen, weil er etwas Magisches in sich verbarg. Kurz, schmal und ein wenig artfremd mutete dieser an, so als gehöre er gar nicht zur Uhr und wäre nachträglich implementiert worden. Das dunkelbraune Lederband ließ Knut nie tauschen, schließlich sollte die Erinnerung an seinen Großvater jene bleiben, die tief in ihm verankert war. Viel zu früh hatte ihn das Zeitliche gesegnet, dachte er sich und stoppte den Gedankengang ebenda, um nicht in Sentimentalitäten abzudriften. Es war 05.23 Uhr. Sonnenaufgang. Doch die Sonne war nicht zu sehen, als sich die S-Bahn durch die engmaschigen Straßen und Häuserblöcke schlängelte. Ruhe bewahren.

Der Feind lauert nicht außerhalb –

er ist ein Teil von dir.

KAPITEL ZWEI.

Diese Uhr ist sein Heiligtum und mit absoluter Hingabe beschützt er seinen Zeitmesser – komme, was wolle.

Ende Juli 1986 muss es gewesen sein, als Knut die Ruhla-Armbanduhr von seinem Großvater erhalten hatte. Es war ein bunter Sommertag, der seine Wärme mit gekonnten Mitteln über das Land stülpte. Eine große Hitzewelle war es nicht, allerdings brachte der mäßige Südostwind weder sanfte Erfrischung noch stehende Hitze mit sich. Für Knut fühlte es sich so an, als würde Opa ihm ununterbrochen ins Gesicht pusten, um den kleinen Kratzer in seinem Antlitz schnellstmöglich zu heilen. Er war vor einigen Tagen mit seinem roten 24-Zoll-Rad gestürzt, als er einen unscheinbaren Hügel hinunterfahren wollte, der in einer flachen Grasfläche mündete. Als er bereits fast unten angekommen war, übersah Knut einen Maulwurfshaufen und fiel aus satter Geschwindigkeit kommend zu Boden. Der Erdaushub bremste sein Vorderrad im Nu aus und er flog im extrahohen Bogen über den Lenker. Auf der Wiese gelandet, tastete er sich kurz ab und wusste intuitiv, dass an ihm alles in Ordnung war. Nur seine rechte Wange schien einen Kratzer abbekommen zu haben. Knut richtete sein Gefährt wieder auf und schaute mit Argusaugen, ob sein geliebter Drahtesel intakt ist. Doch bis auf etwas frischen Mutterboden, der sich überall im vorderen Bereich seines Rades fand, machte „Rot Runner" einen unversehrten und fahrtüchtigen Eindruck.

Seine Großeltern hatten ihm das Gefährt vor etwa drei Monaten vom Flohmarkt mitgebracht – in guter Absicht, dass Knut nun endlich Fahrrad fahren üben könnte.

Er tat sich zu Anfang (gewollt) etwas schwer und besonders willkommen war es ihm, wenn sein Opa ihn samt der Stützräder durch die Gegend schob. Sein Großvater war ein lieber Mensch. Ein geduldiger Unterstützer, ein loyaler Fürsprecher und ein verlässlicher Gefährte. Und er hatte Freude daran, wenn sich sein Enkel vom ihm durch die Gegend kutschieren ließ. Doch an diesem Julitag war Knut sicher im Umgang mit seinem Rad – zumindest so geübt, wie es ein Siebenjähriger mit drei Monaten Fahrpraxis sein konnte. Er lernte schnell und besaß enorme kognitive Fähigkeiten, die es ihm erleichterten, seine Umgebung passgenau einzuordnen. Dass er mit seinem „Rot Runner" an diesem Sommertag stürzte und im Zuge dessen einfach einen etwa zwanzig Zentimeter hohen Maulwurfshügel übersah, musste andere Gründe haben.

Als er die vier Kilometer zum Haus seiner Großeltern zurück geradelt war, saß sein Opa auf der Terrasse und sortierte Schrauben von einem Behälter in den anderen. Als Werner bemerkte, dass Knut am unteren Ende des Gartengrundstückes auftauchte, hob er seinen Blick und spürte in Windeseile, dass irgendetwas anders war. Und siehe da, nach kurzer Musterung stellte er fest, dass Knut eine frische Wunde an seiner linken Wange hatte. Werner stützte sich auf die beiden Lehnen seines Gartenstuhls, stand auf und begab sich schnurstracks zu seinem Enkel.

„Knut, was hast du denn gemacht? Junge, komm' mal her!"

Er begutachtete Knuts lädierte Wange, sammelte etwas Spucke auf seinem rechten Daumen und wischte das angetrocknete Blut von der Backe des Enkels. Einen feinen roten Strich ließ Werner bewusst stehen und lächelte.

„So mein Freund, nun bist du ein echter Indianer! Junge, wann bauen wir denn dein Tipi? Ich hab' gerade meine Schrauben sortiert, damit wir die Richtigen zur Hand haben. Dass alles stabil wird und wir dein Tipi gut über den Winter bekommen."

Werner hatte eine Art an sich, die in wenigen Worten schwerlich zu beschreiben ist. Was aber als Eindruck blieb, ist, dass er eine Warmherzigkeit in sich trug, die nicht nur dem Südostwind jener Tage Konkurrenz machte. Vielmehr wusste er mit sanfter Männlichkeit auf Knut einzugehen und war rasch in der Lage, die Stimmungslage seines Enkels zu deuten. So auch heute, nach dem Sturz über den Maulwurfshügel. Knut gab keine Antwort auf die Frage, wann der Tipi-Bau starten sollte. Er lächelte zaghaft und war innerlich mit Freude erfüllt, verlor aber keinen einzigen Satz. Er hatte in seinen frühen Kindheitsjahren gelernt, dass auf Menschenworte oft nur kleine oder keine Taten folgten. Auch wenn sein Großvater es anders handhabe und immer zu seinem Versprechen stand, lag Knuts kindliche Konditionierung gegenpolig verortet. Dass Werner stets sein gesprochenes Wort hielt und zu barer Münze werden ließ, war für Knut überlebenswichtig.

Knut schlenderte durch den Garten und suchte nach einem geeigneten Platz für sein Tipi. Mehrfach hatte er an die sonnengeschützte Stelle unter dem Walnussbaum gedacht, doch dort war es oft feucht und überall wimmelte es von Feuerkäfern. Allerdings hätte er hier seine Ruhe und könnte mit seinem Opa zusammen einen Unterschlupf bauen, der sogar genügend Platz für seine Plüschtierbande bereitstellte. Knut war sich nicht sicher, denn es bot sich eine zweite Möglichkeit, das Tipi gut positioniert zu errichten. Auch in der Nähe seines Sandkastens gab es eine schöne Stelle, die sich als Bauplatz für das Indianerzelt anbot. Dort spielte er gern mit seinen Metallautos und plante mit großem Enthusiasmus den Stadtverkehr für sein Netz aus Hauptstraßen und Verzweigungen. Doch der Sandkasten mündete an Nachbars Garten und der Sohn des Kleingärtners bereitete Knut bei jedem Augenkontakt Angst. Nicht, dass Thilo böse Grimassen zog oder sich Knut gegenüber bis dato fies verhalten hatte, war es ein Gefühl von Unbehagen, das sich in Knut ausbreitete, sobald er Thilo zu Gesicht bekam. Es muss an den Augen des Jungen gelegen haben, die einen mystischen Schimmer in sich trugen, der an einen See mit entgegengesetzter Tiefe erinnerte. Dazu dieser stechende Blick, der mit dem einer Dohle gleichzusetzen war. Thilo hatte eine nahezu weiße, nur mit einem Blauschimmer durchfärbte Iris, die seinen Augen als Blende diente. Da Thilo in Knuts Parallelklasse ging und gleichaltrig war, hätte es Knut leicht fallen können, seinen Nachbarn als Spielkameraden wertzuschätzen. Fakt ist: Es war nicht einfach, einen geeigneten Standort für das Tipi auszuwählen, der Knut keine unbewussten Bauchschmerzen bereitete. „Was würde Opi dazu sagen?", dachte er in sich hinein, als Knut eine knallgelbe Löwenzahnblüte stutzte und dabei grübelte, ob afrikanische Löwen auch so ein feines, gut duftendes Gebiss hätten.

Als Knut zu seinem Opi schritt, wusste er nichts von der Überraschung, die ihn an jenem Julitag erreichen sollte. Werner hatte sich überlegt, Knut seine Ruhla-Armbanduhr zu schenken. Diese hatte er sich mühevoll von seinem Monatsverdienst abgespart und nach jahrelanger Maloche gegönnt. Knut konnte die Uhrzeit nicht lesen.

Aber was nicht war, könne schnell werden, so Werners optimistische Einschätzung.

„Knut, komm' mal bitte her. Ich hab' was für dich."
Sein Enkel schlenderte direkt in Werners Richtung und stand anschließend friedfertig vor ihm.

„Junge, diese Uhr ist aus dem Thüringer Wald. Sie ist sehr schön und zeigt zuverlässig die Zeit. Du musst sie nur jeden Tag aufziehen."

Knut wunderte sich darüber, dass ihm sein Großvater die wertvolle Uhr zeigte.

„Ich möchte, dass sie dir gehört. Pass' gut auf das Schmuckstück auf! Wir lernen ab morgen zusammen die Uhrzeit und wenn du die intus hast, kannst du auch was mit der Armbanduhr anfangen."

Knut wirkte aufgewühlt. So ein tolles Geschenk hatte er noch nie bekommen. Und dann von seinem geliebten Opi.

„Bis du die Zeit gelernt hast, pack' ich die Uhr in deine kleine Holzschatulle, ja? Dort kommt sie nicht weg."

Knut war überwältigt. Er streichelte die linke Handfläche seines Großvaters und bedankte sich innig bei ihm. Ein so lieblicher Tag muss nicht aufgeschrieben werden, um ihm Bildhaftigkeit zu verleihen. Es gab ihn wirklich.

Wo immer du dein Haus errichtest,

baue es mit ehrlichen Mitteln.

Denn die Kartenspieler sind die ersten,

die den Einsturz vermelden.

KAPITEL DREI.

Es gibt nur einen männlichen Vornamen, der bei Knut für klitsch-
nasse Handflächen sorgt – Thilo.

Knut hatte sich entschieden. Das Tipi sollte direkt am Sandkasten
errichtet werden, damit er genügend Material hatte, um nachträglich einen Kamin ins Zelt einbauen zu können. Gemischt mit Wasser (die Regentonne stand links neben der Sandkiste), ergab sich
eine tolle Masse, die aus Knuts Sicht bestens geeignet war, um sein
neues Versteck an kühleren Tagen mit Wärme versorgen zu können. Der Kamin war schon geplant, doch zuerst musste das Tipi gebaut werden. Knut wusste, dass sein Großvater mit dem Füttern der
Hühner beschäftigt war. Er begab sich flotten Schrittes vom Sandkasten hinüber zum Gehege, in dem Werner das Geflügel mit Haferflocken und frisch gekochten Kartoffeln versorgte. Den Tieren
ging es prächtig. Mit viel Auslauf versorgt, scharrten sie etwas Sand
durch die Gegend, pickten dabei nach etwas Essbarem und legten
zufrieden ihre Eier. Werner sah seinen Enkel im Augenwinkel kommen und wusste in jener Sekunde, dass Knut guten Mutes war.

„Mein Junge, da bist du ja wieder. Die Sonne tut deiner Schramme
im Gesicht gut. Die ist fast verschwunden."

Tatsächlich lag Knuts Sturz mit seinem „Rot Runner" einige Tage in der Vergangenheit und die kleine Blessur befand sich auf dem besten Weg der Heilung. Sobald Knut hingegen zurück an seinen Unfall dachte, stellte sich in ihm ein Gefühl der Unruhe ein. Wie war es möglich, dass er den Maulwurfshügel nicht als Hindernis erkannte? Er ahnte zu diesem Zeitpunkt nicht, dass er inmitten der Abfahrt unbemerkt seine Augen schloss. Und den Erdaushub einfach nicht kommen sah.

„Knut, hast du was gegessen? Hast du dir bei Omi einen Eierkuchen abgeholt?"

Knut nickte eilig, obwohl er mit seinen Gedanken nicht beim Mittagessen war. Werner bemerkte dies und schob, das Thema wechselnd, nach: „Und, wo soll dein Tipi stehen?"

Knut befand sich wieder in der Gegenwart und erzählte seinem Großvater mit kurzen Worten, warum sein neuer Unterschlupf neben dem Sandkasten errichtet werde sollte. Dabei verheimlichte Knut seinem Opa, dass er das Tipi später mit dem Kamin beheizbar machen wollte.

„Dann lass' uns doch gleich loslegen, mein Junge!"

Knut nickte wieder, diesmal mit einem sanften Lächeln gepaart. Werner hatte schon Wochen zuvor dünne Fichtenstämme und eine halbkreisförmige Plane besorgt. Damit stand dem Bau nichts mehr im Wege. Die beiden arbeiteten Hand in Hand und Knut bereitete es sichtlich Freude, seinem Großvater so nahe zu sein. Er schaute begeistert zu, wie das Tipi Stück für Stück zunehmend Form und Gestalt annahm. Werner wusste genau, was er tat, schließlich war er als Vorarbeiter im Baugewerbe tätig. Jede Schraube saß passgenau und Knut half motiviert beim Festhalten der Nadelholzstämme. Anschließend packten die beiden synchron die glänzende Plane und Werner befestigte diese mit kräftigen Hammerschlägen an den Haltesträngen. Nach nur vier Stunden war das Tipi fertig. Knuts neuer Unterschlupf ragte rund zwei Meter in die Höhe und seine schneeweiße Erscheinung konkurrierte mit dem gleißenden Sonnenlicht der zweiten Tageshälfte. Links neben dem Tipi strahlte der aufgeräumte Sandkasten und rechts thronten und wankten einige herrliche Sonnenblumen im schüchternen Sommerwind. Knut war glücklich. Er umarmte seinen Opa mit einem kindlichen, aber beherzten Druck und ließ Werner – über drei Dutzend Sekunden lang – nicht mehr los.

„Mein Junge, gern geschehen – gern geschehen."

Werner hatte Tränen in den Augen. Zähren, die er ewig nicht mehr nach außen dringen ließ. Knuts Großvater berührte die Geste seines Enkels sehr. Knut war sein Ein und Alles, auch wenn er dies sein Leben lang nie aussprechen wird. Manchmal fehlen Worte auf diesem Planeten – vor allem dann, wenn sie von einem anderen Menschen dringend benötigt werden.

Rund zwei Wochen später saßen Thilo und Knut zusammen im Tipi. Der Nachbarsjunge hatte sich aufgedrängt und wollte Knuts Unterschlupf mit eigenen Augen besichtigen. Noch vor Tagen gelang es Knut, geschickt ausweichen, als Thilo ihn am Gartenzaun ansprach, ob er rüberkomme könnte. Knut erwiderte, dass er zuerst seinen Opa fragen müsste. Doch dieser sei gerade nicht da, sondern zur Mühle unterwegs, um Haferflocken für die Hühner zu besorgen. Thilo zischte daraufhin sichtlich pikiert ab und spielte mit seinem blauen Metallbagger im Zwiebelbeet der Eltern. Die Dohle flog also weiter. Vorerst.

An diesem wolkigen Tag im August hockte Thilo in Knuts Tipi. Die beiden redeten nicht viel und der Platz im Zelt reichte gerade aus, nicht in direkten Körperkontakt zu geraten. Thilo schien neidisch zu sein, dass Knut so ein tolles Tipi besaß. Immer wieder stichelte er gegen ihn.

„Hält das Ding, wenn hier mal mehr Wind weht?"

Knut reagierte äußerlich gelassen auf die Anspielungen seines Gastes. Aber gerade diese Reaktion ließ Thilo nicht nachgeben, sondern bestärkte ihn darin, Knuts Unterschlupf weiter madig zu machen.

„Pass bloß auf, dass dein Haus nicht einstürzt."

Thilo packte seinen dunkelgrünen Rucksack aus, in dem sich drei Äpfel und zwei kleine Packungen Milchschokolade befanden.

„Willst du was davon?"

Knut schaute sich den Inhalt der Schultertasche an und fragte, ob er ein Stück Schokolade bekommen könnte. Thilo lächelte mit gewissem Kalkül.

„Nimm', kein Problem. Aber dann darf ich regelmäßig mit in dein Tipi kommen!"

Knut rückte einige Zentimeter zurück an den Rand des Zeltes, ließ ein Dutzend Sekunden verstreichen und verneinte mit stummem Kopfschütteln.

„Dann nicht, du Trottel!"

Mit diesen kurzen Worten um sich werfend, schnappte sich Thilo die Lebensmittel und legte sie zurück in den Ranzen. Er stand auf und blieb bei seinem Fortgang noch absichtlich an einem Fichtenstamm hängen, der die Stabilität des Unterschlupfes gewährleistete. Die Plane gab ein raschelndes Geräusch von sich und das Zelt wackelte heftig. Doch es hielt dem Angriff stand. Das Tipi trug keinen bleibenden Schaden davon. Knut schloss die Augen und versank in seinen Gedanken. Von innen war noch zu hören, wie Thilo sich draußen Meter für Meter entfernte. Dann wurde es endlich still.

Der Hochsommer näherte sich seinem Ende und in den Gärten roch es nach den verschiedensten Duftrosen. Die Obstbäume trugen satte Fruchtkörper, die sich inmitten ihrer Reifephase befanden. Obwohl es deutlich über zwanzig Grad warm war, wollte Knut an jenem Tag seinen selbstgebauten Kamin ausprobieren. Werner und Ingrid waren zu einem längeren Spaziergang aufgebrochen und der Moment erschien ihm passend. Knut schnappte sich etwas Zeitungspapier aus der Küche und knüllte den Zündstoff zu handlichen Ballen. Ein Feuerzeug befand sich im Wohnzimmer. Unterhalb des Fernsehers sichtete er eine Schublade, in der Metalluntersetzer für Gläser, leere Geburtstagskarten und ein Set Bowlespieße aus Lauschaer Glas lagen. Die dünnen Stäbe waren mit bunten Tierkörpern verziert und zogen sogleich Knuts Interesse auf sich. Den Weißstorch bewunderte er besonders aufmerksam, weil ihn diese Tiere begeisterten. Knut wusste, dass es sich um Zugvögel handelt, die ihren Weg nach Ostafrika ohne Landkarte bestreiten. Wie gern würde er diesen Herbst mit ihnen zusammen fortfliegen und ihr warmes Winterquartier besuchen.

Doch nun wollte er erstmal den Kamin ausprobieren. Knut schnappte sich die benötigten Utensilien und wanderte zu seinem Unterschlupf. Dort angekommen, legte er die Zeitungsballen in den Kamin und verteilte diese geschickt im Heizraum. In den Tagen zuvor hatte er sein Projekt umgesetzt und dafür den Sandkastenkies mit etwas Regenwasser gemischt. Mit beiden Händen formte er den Kamin aus, ließ aber im oberen Bereich des Heizraumes ein Loch offen. Mit einem breiten Kupferrohr, das er in Opas Werkstatt fand, wollte er den Rauch senkrecht aus dem Tipi leiten. Knut schnappte sich das Feuerzeug und zündete etwas Papier an. Minimale Glut war zu sehen, doch ein standhaftes Feuer entwickelte sich nicht. Dafür qualmte es umso heftiger, denn der Kies besaß gewisse Restfeuchte und eine vernünftige Flammenbildung erschien unmöglich. Nach einigen Minuten brach er sein Experiment ab und erstickte das kokelnde Papier mit einem Fetzen Bettlaken, der ihm als Bodenbelag für sein Tipi diente. Etwas niedergeschlagen, beseitigte Knut die Spuren seines Heizversuches penibel und packte das Feuerzeug zurück in die Schublade. Dabei achtete er darauf, dass alles wieder so lag, wie er es vorgefunden hatte. Niemand sollte Verdacht schöpfen und etwas von seinem Geheimnis erfahren.

Als Knut einige Zeit später den Stau auf seiner Sandkastenautobahn auflösen wollte, weil durch den Zusammenprall zweier Fahrzeuge ein Krankenwageneinsatz notwendig wurde, bemerkte er, dass er nicht mehr allein war. Thilo stand am Maschendrahtzaun und beobachtete das Geschehen in der Sandkiste. Die helle Iris seiner Augen spiegelte die Metallautos in Form, Farbe und Detailreichtum exakt wider. Nachdem Thilo wortlos einen kurzen Zeitabschnitt verstreichen ließ, sprach er Knut direkt und unverblümt an:

„Trottel, ich hab' mitbekommen, was du gemacht hast. Der Qualm war überall."

Knut schien irritiert, schließlich hatte er nicht damit gerechnet, dass er beobachtet wurde. Er äußerte sich nicht zu Thilos Anspielung, sondern kümmerte sich stoisch darum, dass der Verkehr nach dem Unfall wieder ins Rollen kommt. Der ungebetene Gast ließ jedoch nicht locker:

„Ich werd' deinem Opa erzählen, dass du hier den halben Garten abgefackelt hast. Der wird sich freuen. Aber wer so blöd ist, hat das eben verdient."

Knut wirkte innerlich schockiert. Thilo wusste also von seinem Geheimnis und drohte ihm damit, es seinem Opa unter die Nase zu reiben. Die Situation entwickelte sich in eine beunruhigende Richtung. Was wollte Thilo von ihm? Warum ließ er ihn nicht einfach in Ruhe? Plötzlich stand Knut ruckartig auf und packte Thilo am Hals. Mit seiner rechten Hand drückte er ihm den Kehlkopf zu und für Sekundenbruchteile verwehrte Knuts Daumen jedes weitere schäbige Wort, das Thilo hätte äußern können. Knut war bis zu diesem Nachmittag nie handgreiflich geworden. Es platzte deshalb so heftig aus ihm heraus, weil die stechende Ungerechtigkeit Knuts Luftzufuhr abrupt unterbrach. Es handelte sich definitiv um Notwehr. Thilo rannte winselnd davon, nachdem Knut ihn losgelassen hatte. Doch die Dohle formulierte bereits im fliehenden Modus ihre Rache: „Dich mach' ich platt."

Als Ingrid und Werner von ihrem Spaziergang zurückkehrten, war es kurz nach achtzehn Uhr. Knut plagte seit dem Nachmittag die splitternde Angst, dass Thilo ihn tatsächlich verraten könnte. Was war zu tun? Sollte er seinen Großeltern beichten, was heute Nachmittag geschah? Doch wie würden Oma und Opa reagieren? Würden sie ihn für sein Fehlverhalten tadeln? Knut fühlte sich wie ein Regenwurm, der im Schnabel einer Dohle gefangen war und sich nicht ausmalen konnte, wo er am Ende landen wird. Sicher war nur eines – lebend kommt er hier schwerlich heraus.

Knut schwieg. Zu groß war die Angst, dass es Ärger mit seinen Großeltern geben würde. Nichts wäre schlimmer, als dass sein Opi böse auf ihn ist und fortan nicht mehr mit ihm im Garten bastelt. Und auch Omi sollte so lieb zu Knut bleiben, wie sie es immer war. Die Kinderseele schien spürbar angegriffen zu sein. Knut war sich nicht mehr sicher, ob er Thilo zu grob anfasste. Und ob es der Nachbarjunge infolge seines fiesen Verhaltens tatsächlich verdiente, eine schmerzhafte Lektion zu erfahren. Gedanken über Gedanken, die selbst an Kindern rütteln und zerren.

Werner wies seinen Enkel darauf hin, dass es bald Abendbrot gebe und fragte ihn, ob er seiner Oma bei der Vorbereitung helfen würde. Knut nickte in seiner gewohnten Bewegung und begab sich eifrig in die Küche, um Ingrid unter die Arme zu greifen. Knuts Omi schälte Kartoffeln und bereite nebenher die süßsaure Soße vor, die ihre Senfeier so köstlich machten.

„Oh, Knut, schön dass du kommst. Du willst mich bestimmt unterstützen. Wenn du magst, kannst du die Eier pellen. Pass' aber bitte ein wenig auf, die Hühner haben sie frisch gelegt. Dann geht die Schale schlechter ab."

Knut hatte schon einige Male beim Kochen mitgeholfen, doch die Senfeier machte seine Omi am liebsten allein. Sie schätze die Ruhe am Herd, aber auch die Möglichkeit, ohne beobachtet zu werden, ihre Soße nach Herzenslust und wechselndem Gusto verfeinern zu können. Ingrid war eine patente Köchin und ehrbare Ehefrau. Und obendrein eine tolle Omi, von der Knut viel lernte. Ihr Dasein wird ihm zeigen, dass nichts auf dieser Welt ohne Grund geschieht.

An diesem Abend im August war Knut sieben Jahre und siebenundzwanzig Tage alt. Die süßsauren Eier schmeckten wie immer hervorragend – getragen von einer leichten Senfnote und dem liebevollen Abschmecken mit Zucker, passten sie perfekt in die Abendstimmung. Alle drei griffen beherzt zu und Knut nahm seinen Zeigefinger zu Hilfe, um den letzten Klecks Soße vom Teller wischen zu können.

Der Schatten verweilt nur dort,

wo das Licht nicht hingelangt.

KAPITEL VIER.

Mit Ende zwanzig war Knut ein geselliger und aufgeschlossener Kerl. Fast wäre er als extrovertiert durchgegangen, so hätten es zumindest seine Freunde, Bekannten und Kollegen geschildert. Nach dem Abitur und seiner Ausbildung zum Uhrmacher wurde Knut im Vertrieb einer berühmten sächsischen Uhrenmanufaktur angestellt. Der Kundenkontakt gefiel ihm sehr, denn dieser bescherte Knut über die Zeit den Status eines Erfolgsmenschen, der jedes Jahr mehr Umsatz generierte als in den abgelaufenen zweiundfünfzig Wochen zuvor. Er pries die Uhrenmodelle der Edelschmiede wie ein frisch ausgegrabenes Weltkulturerbe an, das die Geschichte der Menschheit in ganz neuem Licht präsentierte. Einem Schmuckhändler in Leipzig erzählte er beispielsweise, dass es nur eine Uhr in diesem Universum gäbe, die den Herzschlag der Erde einfangen und als Zeitimpuls würdevoll auswerfen könne. Natürlich offerierte Knut in diesem Moment das teuerste Modell der sächsischen Nobelmanufaktur, für die er am liebsten mithilfe der hellsten Superlative verkaufte. Von allen Seiten erhielt er Schulterklopfer und warme Worte. Manchmal waren die Lobpreisungen so blumig und schmeichelnd, dass Knut negierte, woher er kam und was für ein Mensch er gerade wurde. Einzig entscheidend war für ihn der berufliche Erfolg, das angesammelte und ausgegebene Geld und der ständige Drang nach neuer und frischer Bestätigung. Dass unsere moderne Welt dieses Lebenskonzept forciert und bis in die entferntesten Winkel des Planeten trägt, sei an dieser Stelle erwähnt, aber nicht weiter ausgeführt.

Abends, wenn der Verkauf gut lief, gönnte sich Knut in hoher Regelmäßigkeit sein Lieblingsessen. Dazu fuhr mit seinem nebelgrauen Flitzer aus Ingolstädter Produktion in die Innenstadt und parkte unweit seines Stammlokals. Serviert wurden ihm anschließend die Filetspitzen des Kobe-Rindes. Mit fein marmorierten Fettäderchen durchzogen und von unbeschreiblicher Saftigkeit – zweifelsohne eine der teuersten Varianten, auf unserer Erde Fleisch zuzubereiten. Gereicht wurden ihm dazu in Rosmarin-Schmalz geschwenkte „La Ratte" – eine alte französische Kartoffelsorte mit nussigem Geschmack. Selten war er allein unterwegs. Häufig gesellte sich sein Arbeitskollege Jens dazu, der in der Entwicklungsabteilung der Uhrenmanufaktur tätig war und sich immer wieder fasziniert über Knuts Verkaufsmethoden zeigte. Manchmal unterhielten sich die beiden über profane Privatangelegenheiten, doch Knut wusste genau einzuschätzen, an welcher Stelle er seine wahre Vergangenheit verschleiern wollte. Niemand sollte wissen, was damals im Garten seiner Großeltern geschah und kein Mensch ging es etwas an, warum er den Namen Thilo nie wieder positiv assoziieren wird. Er war der Meinung, dass es ausreiche, wenn er selbst bestimmt, welche Informationen bezüglich seiner Person maßgeblich sind. Wer mehr Fragen hatte, sollte Philosophie studieren oder Gedichte interpretieren. Da gäbe es mehr zu erfahren als bei ihm.

Knut und Jens plauderten an diesem Abend über die aktuellen Neuigkeiten aus der Firma. Welche Zeigerfarbe bekommt das künftige Modell? Welches Edelmetall wird für den Rotor verwendet? Wird das Werk mit Genfer Steifen oder mit einem Sonnenschliff verziert? Es war 19.27 Uhr, als Knuts Handy die Ankunft einer Kurznachricht vermeldete. Sein Smartphone lag zentral auf dem Tisch positioniert. Jens saß ihm gegenüber und Knut zeigte keine Reaktion auf das leuchtende Display. Die Sekunden standen förmlich im Raum des Restaurants. Knut schloss die Augen, senkte gleichmäßig seinen Kopf und verharrte in dem Gefühl, das ihn überbordend flutete. Jens schien erschrocken über die ungewohnte Reaktion seines Kollegen zu sein und konnte Knuts Mimik nicht deuten. Er fühlte sich unsicher und blieb deshalb sprachlos ruhend. Über eine Minute hinweg saßen sich die beiden gegenüber. Null Worte wechselnd, keine Blicke tauschend. Eine Szene fast wie aus einem Theaterstück. Nur dass die handelnden Personen keine Schauspieler waren, sondern Menschen wie du und ich. Mit einem kräftigen Schwung stand Knut auf, schnappte sich sein Handy und verließ kommentarlos den gemeinsamen Tisch. Jens blickte ihm desillusioniert hinterher, doch Knuts Schritt wurde fortwährend schneller, bis er schließlich die Tür erreichte und nichts von ihm blieb. Nur der finale Schwall seines französischen Parfums schwebte noch im Raum und hinterließ eine akzentuierte Note aus kräftigem Eichenmoos und süßlichem Patschuli. Nach dreißig Minuten endete das Warten. Jens zahlte die Rechnung, verabschiedete sich vom Kellner und zog seine dunkelblaue Daunenjacke über. Er hatte mehrfach versucht, Knut auf seinem Handy zu erreichen, doch dieser reagierte nicht. Stumm schritt Jens in die Nacht hinaus.

Es war Mitte Dezember und der Wind verbreitete arktische Winterluft. Dass Weihnachten vor der Tür stand, war sofort ersichtlich. Das Fest der Liebe sollte bald folgen. Im Kreise der Familie.

Dich selbst zu erkennen,

ist eine lebenslange Etappe.

Doch vergisst du die Zeit,

zeichnen sich die klarsten Konturen

von ganz allein.

KAPITEL FÜNF.

Um 20.16 Uhr stellte Knut sein schnittiges Gefährt aus deutscher Automobilproduktion ab. Er parkte direkt vor dem Eingang des Hauses, in dem er eine schicke Dreizimmerwohnung gemietet hatte. Über zwei Etagen verteilt, gab es allerlei Annehmlichkeiten zu bestaunen. Ein großes Fernsehgerät, ausgestattet mit neuester Technik, stand genauso parat, wie seine sündhaft teure Musikanlage, die mit Lautsprechersäulen von über einem Meter Höhe aufwarten konnte. Der Klang dieser audiophilen Kombination zauberte ihm täglich ein Lächeln ins Gesicht. Dennoch war Knut häufig damit beschäftigt, sich über noch bessere Komponenten zu informieren, die das akustische Erlebnis in immer neue Sphären hieven sollten.

Seit geraumer Zeit interessierte er sich auch für Kunstgegenstände aller Art, insbesondere für Gemälde des deutschen Expressionismus. Eine Kulturepoche, die infolge legendärer Bewegungen wie Die Brücke und Der Blaue Reiter, heute weltweit für Ansehen und Bewunderung sorgt. Knut war zwar finanziell nicht in der Lage, millionenschwere Bilder sein Eigen zu nennen, doch für den ein oder anderen hochwertig gerahmten Druck reichte es in jedem Fall. Zudem erfüllte ihn ein kleines Schätzchen mit üppigem Stolz. Eine auf einhundert Exemplare limitierte Lithografie eines berühmten deutschen Expressionisten hing schick drapiert vor einer blütenweißen Wohnzimmerwand. Sie war Hingucker und Augenfänger zugleich, besonders dadurch unterstrichen, dass die Grafik stilsicher in einer Berliner Leiste gerahmt war.

Knut bestieg eilig das Treppenhaus und erreichte nach zweiundzwanzig Stufen seine Eingangstür. Diese war nur simpel herangezogen, ohne dass das Schloss wirklich fest verriegelt war. Er legte seinen schiefergrauen Wollmantel ab und platzierte die, aus feinem Ziegenleder gearbeiteten, hellbraunen Budapester, punktgenau im Schuhregal.

Auch seine Krawatte musste weichen, denn schließlich benötigte er jedes Gramm Luft, das ihm Beruhigung und Freiraum verschaffen konnte. Knut setzte sich auf sein lichtgraues Sofa und nahm sein Smartphone zur Hand. Bis er sich dazu durchgerungen hatte, das Display seines Handys zu aktivieren, wurde ihm die absolute Ruhe verwehrt. Wiederkehrend waren Automobile zu hören, die die Hauptstraße vor seiner Wohnung passierten und die sich, zumindest der Lautstärke nach zu urteilen, nicht konsequent an die Geschwindigkeitsbegrenzung von dreißig Kilometern pro Stunde hielten. Der Bildschirm seines Smartphones leuchtete hell. Erneut ging eine Kurznachricht ein. Es war 20.27 Uhr und die Luft stand im Raum.

„Junge, melde dich bitte, wenn du zu Hause bist! Opi."

Knut war sich zu hundert Prozent sicher, dass es wichtig sein musste, wenn ihm sein Opa binnen einer Stunde zwei Textnachrichten auf sein Handy schickte. Werner stand mit der neuen Technik zwar auf Kriegsfuß, hatte sich von seinem Enkel aber überzeugen lassen, dass es sinnvoll sei, auch im Garten telefonisch erreichbar zu sein. Ohne mit seinem Großvater gesprochen zu haben, wusste Knut bereits, dass seine Welt ab morgen nicht mehr jene Realität abbilden würde, die sie bis zum heutigen Abend vorgab zu sein.

„Hallo Junge, gut dass du anrufst."

Knut hatte lange mit sich gerungen, bis er endlich die Nummer seines Großvaters wählte.

„Opi, wie gehts euch? Was ist denn los? "

Werner stockte kurz der Atem und für einen Außenstehenden musste es so gewirkt haben, als säße ein fester Kloß in seinem Hals, der sich nicht schlucken ließ, weil dieser aus unverdauten Informationen bestand.

„Junge, deiner Omi geht es nicht so gut. Sie hat wieder Probleme mit der Lunge. Seit sie mir damals im Garten umgekippt ist, wird es immer schlimmer. Deshalb hab' ich Omi vorhin ins Krankenhaus gefahren. Wenn sie hustet, klingt es wie bei Dieters Mischling, der doch immer den halben Tag unnütz bellt! "

Nachdem Werner ein schmales Lachen durch den Telefonhörer flutschen ließ, musste auch Knut ein wenig schmunzeln. Die Situation entpuppte sich zwar als sehr ernst, doch wussten Großvater und Enkel in dieser Abendstunde, dass Loyalität für die beiden Männer mehr als nur ein Wort war.

„Opi, ich fahre morgen früh gleich los. Punkt sechs? Alles klar?"

Werner, der in seinem bisherigen Leben nie gern die großen Reden schwang, fühlte sich um eine Last leichter und nickte anerkennend.

„Alles klar, mein Jung'. Ras' nicht so, es ist Schnee für morgen angesagt! Und schlaf gut."

Werner legte auf, noch bevor sein Enkel ihm eine gute Nacht wünschen konnte. Knut positionierte sein Smartphone an der Seite des Glastisches. Es hatte sich durch das kurze Gespräch spürbar erwärmt.

Aus der Kommode, die mit schickem Wildeichenfurnier veredelt wurde und bündig zum Sofa stand, holte Knut ein feines Baumwolltuch, das sein Handy von unnötigen Fingerabdrücken und Verunreinigungen befreien sollte. Auch der gläserne Couchtisch erhielt eine feine, aber sehr gründliche Säuberung. Knut legte sich auf das lichtgraue Sofa und schlief unvermittelt ein.

Die runde, hochwertig anmutende Leuchte, die direkt über dem Glastisch hing, brannte die komplette Nacht hindurch. Ein schmales Kabel, das die Stromversorgung von der Zimmerdecke bis zur Lampe gewährleistete, richtete Knut auf den Zentimeter genau aus, um eine gewisse Wechselwirkung zwischen Licht und Materie zu erreichen. Jeder Einrichtungsgegenstand zeigte eine andere Reaktion auf den spontanen Einfall von Licht. Die eichenfurnierte Kommode schluckte beispielsweise die meisten Strahlen der Beleuchtung und reflektierte nur ein Minimum der auftreffenden Lichtquelle zurück. Der Glastisch haderte hingegen mit allem, was gemeinhin als massentauglich apostrophiert wird. Nicht nur, weil er auffallend filigran gearbeitet und mit einem feinen Dekor ausstaffiert worden war, welches auf seine jugendstilistischen Ursprünge schließen ließ. Nein, vielmehr deshalb, weil der Tisch die Lichtstrahlen auf eine mystische Weise brach, die ohne Übertreibung als nicht von dieser Welt kommend bezeichnet werden darf. Ob das Glas eine besondere Zusammensetzung aufwies, der einer ungewöhnlichen Mischung der Grundsubstanzen (beispielsweise Quarzsand und Kalk) vorausging, lässt sich an dieser Stelle nicht abschließend beurteilen.

Erwähnt sei aber, dass Knut den speziellen Charakter seines Glastisches einzuordnen wusste und nicht müde wurde, jedem Gast zu erläutern, wie erstaunlich facettenreich das Möbelstück sei.

Als er erwachte, benötigte Knut einen Moment der Orientierung, denn er wunderte sich zu Recht, dass er nicht in seinem Bett aufwachte, wie es der Gewohnheit zufolge geschehen wäre. Draußen müsse es noch stockdunkel sein, ansonsten wäre die Lichtintensität seiner Wohnzimmerleuchte eine andere, so Knuts erste Wahrnehmung. Zunehmend realisierte er, dass er Werner vor sieben Stunden einhellig versicherte, dass er sich am heutigen Morgen ins Auto setzen und seiner Oma einen Krankenbesuch abstatten werde. Dass Knut hingegen um Punkt zwölf einen wichtigen Kundentermin auf der Agenda hatte, vergaß er in der gestrigen Gefühlslage für einige Minuten. Als Knut den Bildschirm seines Smartphones aktivierte, wurde ihm die exakte Uhrzeit angezeigt – es war 03.29 Uhr.

Er stand auf und glättete sofort das Sofa, schließlich hatte der Stoff im Zuge seiner ungewollten Übernachtung fiese Falten geworfen. Auch einige Hautschuppen sammelte Knut penibel ein, indem er seinen rechten Zeigefinger befeuchtete, mithilfe dessen er die unerwünschten Partikel entfernte und so sicherstellte, dass wieder halbwegs Ordnung eingekehrte. Knut ging zum Fenster und schaute nach draußen. Wie prognostiziert, lag ein nächtlicher Dämmerschlaf über der Stadt. Nur ein pummeliger Mann um die fünfzig nutzte den Bürgersteig in Richtung Innenstadt und kämpfte sich dabei durch eine frische Schicht aus Neuschnee. Tatsächlich war es der erste weiße Niederschlag des bevorstehenden Winters. Bald würden die Räumfahrzeuge auftauchen, dachte sich Knut insgeheim und überlegte nebenher, ob letzte Woche, im Zuge der Durchsicht seines schnittigen Sportwagens, bereits Winterräder aufgezogen worden sind. Nach kurzer Bedenkzeit fiel ihm ein, dass der Werkstattleiter ihn in gesonderter Ansprache darauf hinwies, dass es höchste Zeit sei, die Reifen zu wechseln. Schließlich sei es fast Mitte Dezember und Schnee bald zu erwarten. Knut nickte ohne große Widerrede und die Dienstleistung wurde anschließend fachgerecht ausgeführt.

Nachdem sich Knut einen Joghurt aus dem Kühlschrank geholt hatte, dachte er erneut darüber nach, ob er den Kundentermin heute Mittag wirklich verschieben könnte. Schließlich handelte es sich um einen Stammkunden, der nur wenig Zeit besaß und zudem eine große Filiale unterhielt, die die erlesensten Uhren der Welt in der Auslage hatte. Es ging um richtig viel Geld, vielleicht sogar in der Größenordnung eines Einfamilienhauses samt großzügigem Garten. Knut entschied sich, seinem Großvater um 06.01 Uhr eine Kurznachricht zu schicken.

„Opi, ich komme erst heute Nachmittag zu euch. Muss mittags die Reifen wechseln. Hab' noch die für den Sommer drauf. Gruß, Knut."

Eine glatte Lüge, denn Knuts Sportwagen war seit einer Woche korrekt bereift und damit für den Einsatz bei winterlichen Straßenverhältnissen gerüstet. Beim Versenden der Nachricht wurde ihm übel. Nun belog er schon seinen geliebten Großvater. Doch es wäre keine ehrliche Erzählung, wenn nicht festgestellt würde, dass es Knut alles in allem wichtiger war, dass der Kundentermin planmäßig stattfindet.

Um 11.14 Uhr verließ Knut seine moderne Dreizimmerwohnung, zog die Tür hinter sich heran und überprüfte noch einmal den korrekten Sitz seiner taubenblauen Krawatte. Ohne einen Spiegel zu benötigen, ertastete er den akkuraten Knotenpunkt auf Höhe seines Kehlkopfes. An genau dieser Stelle hatte er Thilo damals im Garten erwischt. Hätte er bloß länger gedrückt, bekam er als Gedankenimpuls aus seinem zurückgezogensten Innern. Vielleicht hätte dieser Mistkerl dann seine Stimme für immer verloren.

Der zentrale Bildschirm in dem nebelgrauen Sportwagen diente seinem Fahrer als digitale Landkarte, umfassende Musikstation und als Geschwindigkeitsmesser. Eine Uhr war ebenso an Bord. Knut gab die Adresse seines Kunden ein, der eine stattliche Schmuckhandlung in der Innenstadt unterhielt. Mittlerweile waren die Räumfahrzeuge unterwegs und hatten die größten Schneemassen abtransportiert. In der Nacht und bis zum Vormittag kamen etwa fünfzehn Zentimeter des weißen Niederschlages zusammen. Knut startete per Knopfdruck den Motor und löste die Handbremse mithilfe eines Schalters. Er legte den ersten Gang ein, trat aufs Gas und bemerkte, wie die Vorderachse zu rutschen begann. Es schien ein wenig glatt zu sein, obwohl das gestreute Salz genug Zeit gehabt haben musste, um die gewünschte Wirkung zu erzielen und für griffige Verhältnisse zu sorgen. Knut war es sichtlich egal, denn er hatte Zeitdruck und wollte überpünktlich bei seinem Kunden ankommen, um sich sammeln zu können.

Verkauf sei vor allem Konzentration, so seine klare Meinung. Nichts sei wichtiger, als die Beobachtung des Gesprächspartners und die konkrete Schlussfolgerung aus den sichtbaren Zeichen, die der Kunde in Sekundenbruchteilen aussandte. Knuts Stärke lag vor allem darin, die Menschen in ihren feinen Nuancen auszulesen. Sein Gehirn war wie ein Zentralrechner angelegt, der riesige Mengen an Informationen sichtete, sortierte und anschließend passgenau zusammenfügte. Kaum etwas blieb ihm verborgen. Mithilfe gezielter, aber niemals überflüssiger Fragen, stellte er in Windeseile ein Gesamtbild seines Gesprächspartners zusammen, das von enormer Präzision war. Oft wussten die Menschen über sich selbst weniger, als Knut in einem kurzen, gemeinsamen Gespräch auslotete und treffsicher eruierte.

Als er an der Adresse des Schmuckhändlers ankam und zu seiner Verwunderung sofort einen Parkplatz fand, klingelte sein Smartphone. Knut ging zügig an den Hörer, um den Anrufer in aller Kürze abzuwürgen, schließlich wollte er sich in Ruhe auf sein Kundengespräch vorbereiten.

„Sie sprechen mit Knut Kehlbach, guten Tag!"

„Götz Rastmann am Apparat, guten Tag Herr Kehlbach."

Knut war irritiert. Er hatte den Inhaber der Schmuckhandlung am Handy, vor dessen Geschäft er gerade verweilte.

„Einen wunderschönen guten Tag, Herr Rastmann. Ich bin gerade bei Ihnen angekommen. Wir hatten doch heute 12 Uhr ausgemacht, richtig?"

Knut wusste sofort, welche Antwort folgen würde, denn er kannte die Gepflogenheiten im Vertrieb bestens.

„Lieber Herr Kehlbach, genau deshalb rufe ich Sie an. Es ist mir sehr unangenehm, doch ich möchte nicht um den heißen Brei herumreden. Ich habe mein Geschäft heute nicht geöffnet, weil es meinem siebenjährigen Sohn nicht gut geht. Er erbrach die halbe

Nacht lang und benötigt heute meine Betreuung. Zwischen allem Trubel vergaß ich dann, Sie rechtzeitig zu informieren. Lassen Sie uns den Termin bitte verschieben. Ihre Unkosten, die Sie durch Sprit und Anfahrt hatten, erstatte ich Ihnen natürlich in vollem Umfang. Und ich melde mich bei Ihnen, sobald es meinem Sohn besser geht."

Knut war innerlich wütend. Ein Stück weit deshalb, weil er bereits mit der Provision geliebäugelt hatte, die das Kundengespräch in seiner Vorstellung abwerfen sollte. Doch einen Moment lang, galt es höflich zu bleiben.

„Herr Rastmann, das ist doch gar kein Problem. Ihr Sohn hat nun Vorrang. Unser Gespräch über schicke Uhren kann warten. Das Wichtigste ist an dieser Stelle, dass Ihr Junge schnell gesund wird. Alles Gute für den kleinen Mann, richten Sie ihm meine besten Grüße aus. Bis bald, Herr Rastmann."

Knut brodelte vor sich hin. Mit zwei Fingern seiner linken Hand, tippelte er unruhig auf dem Lederlenkrad seines Sportwagens herum.

„Danke, Herr Kehlbach, die Grüße richte ich gern aus. Herzlichen Dank, dass Sie so viel Verständnis haben. Bis bald, ich melde mich wieder."

Knut legte zügig auf und startete ohne weiteres Abwarten den Motor. Als er die Parklücke verließ, war es 11.47 Uhr. Die Sonne blinzelte mit hoher Zurückhaltung in die Fahrgastzelle seines Wagens, denn sie befand sich im offenen Gefecht mit der dichten Wolkendecke. Es wirkte eher so, als gäbe es an jenem Dezembertag noch

Schnee. Ausgerichtet nach Norden, zog Knuts nebelgrauer Sportwagen davon. Es war deutlich zu spüren, welche enormen Leistungsreserven das Fahrzeug bot. Noch sechsundachtzig Kilometer, dachte ich sich Knut, als er die offene Distanz zu seinem Ziel durch das Navigationssystem übermittelt bekam. Nur eine Stunde Fahrzeit, dann käme er im Krankenhaus an, so Knuts optimistische Sicht der Dinge. Seine Omi wartete schließlich auf ihren Enkel.

Über die menschliche Kontrolle:

Sie löst sich stets in Luft auf,

wenn das scheinbar Sichere

eine unerklärbare Wandlung erfährt und alles kippt,

was vorher einen festen Stand hatte.

KAPITEL SECHS.

Knut wuchs in einer Welt auf, die von Trümmern und wackeligen Brücken umgeben war. Kollaterale Schäden an Gebäuden oder der Infrastruktur seines Wohnortes, waren Anfang der Achtziger nicht zu vermelden. Vielmehr waren es seelische Qualen, die den Verlauf seiner ersten sieben Lebensjahre nachhaltig prägten. Sein Vater Olaf, ein rechtschaffener Arbeiter, der seine Brötchen als Dachdecker verdiente, starb, als Knut gerade drei war.

An jenem frischen Oktobermorgen, als sich die Kastanien aus ihren Hüllen zwängten und die Sonne kaum genug Kraft aufbrachte, das Thermostat über die Zehn-Grad-Grenze zu hieven, passierte es. Olaf wollte einen Schluck trinken und stieg vom Dach hinunter auf das sorgfältig installierte Baugerüst. Trotz der niedrigen Außentemperatur, umgab seinen Körper eine gewisse Oberhitze und ihn beschwerte zudem eine Enge in seinem Brustraum, die er sich mit der schweren Arbeit erklärte. Eine Handvoll Kohlmeisen zwitscherte in den wildesten Tonfolgen, als Knuts Vater seine Wasserflasche erreichte.

Die dunkelköpfigen Singvögel besitzen nicht nur einen famosen Fundus an lieblichen Melodien, sondern sind gleichzeitig geübte Imitatoren ihrer Artgenossen. Die Musik, die die Meisen an diesem Mittwoch präsentierten, war zwar virtuos, passte aber nicht zu den unwiderruflichen und trüben Ereignissen, die bevorstanden.

Olaf trank den halben Liter Wasser in einem Zug aus, der sich noch in der Glasflasche befand und stellte das leere Gefäß anschließend beiseite. Er spürte sogleich einen stechenden Schmerz in seinem Oberkörper. Er griff verkrampft nach dem Geländer des Baugerüstes und atmete schwer. Ein dichter Nebel umgab ihn binnen Sekunden und er war vom plötzlichen Schwindel so überrascht, dass er sich unfreiwillig zu Boden ziehen ließ. Ihm wurde derart schwarz vor Augen, dass er außerstande war, seinen Körper zu kontrollieren. Seinen letzten wachen Moment widmete Olaf seiner kleinen Familie. Bitte lieber Gott, kümmere dich gut um Karola und meinen Knut.

Seine Arbeitskollegen alarmierten sofort den Rettungswagen, doch keiner der Beteiligten brachte den Mut auf, umgehend Erste Hilfe zu leisten. Die vier Männer starrten auf Olafs leblosen Körper und veränderten alle dreißig Sekunden ihren Blickwinkel um ein paar Grad Neigung. In ihren Gesichtern gastierte eine Mischung aus tiefer Verunsicherung und übergriffigem Schamgefühl. Vierzehn Minuten später war die Hoffnung so rar wie die Gesänge der Kohlmeisen. Als der Rettungswagen mit großem Getöse um die Ecke bog, schien sich das kleine Vogelensemble ein neues Freilichttheater gesucht zu haben. Die Sanitäter sprinteten im Dauerlauf zu Olaf und der Notarzt versuchte minutenlang sein Bestes, doch die Reanimation zeigte nicht die erhoffte Wirkung und auch der Einsatz des Schockgebers blieb erfolglos. Sein Herz wollte nicht mehr schlagen. Olaf hinterließ seine Frau und einen kleinen Jungen im Alter von drei Jahren.

Karola war fortan alleinerziehend. Die ersten Wochen nach Olafs Tod verbrachte sie in scharfer Abschottung. Nur die Beerdigung fand im Kreise der Familie statt und wurde in der Dorfkirche ausgerichtet. Als die Urne zu Grabe gelassen wurde, stand Knut direkt neben seiner Mutter. Was er prägend aus dem Geschehen mitnahm und dabei detailreich aufsog, lässt sich heute nur rudimentär beurteilen. Und doch schien es so, als stand vor dem Erdloch ein kleiner Junge, der in gewisser Art und Weise begriff, dass sich das Leben in stetigem Austausch mit dem Tod befindet. Nur das, was selbst- und vorbehaltlos geht, konnte an einem anderen Tag zurückkommen.

Nach der Beisetzung begaben sich die Angehörigen in den Gasthof des Dorfes, der sich direkt neben der Kirche befand. Neben schwarzem Filterkaffee (vorzugsweise mit fettarmer Milch und weißem Zucker), nahmen die Trauergäste den Blechkuchen zu sich, der aus milden Herbstäpfeln und einem lockeren Hefeteig gebacken war. Pünktlich um 16 Uhr löste sich die Menschengruppe auf, strikt dem Wunsch der Witwe folgend, kein übergroßes Fest veranstalten zu wollen. Werner bat sich noch an, ob er beim Abwasch helfen könnte, doch Karola entgegnete ihm, dass dies die Mitarbeiter vom Gasthaus erledigen würden. Ingrid bemerkte, wie niedergeschlagen ihr Ehemann darüber war, dass der Raum zunehmend von dieser eisigen Kälte geflutet wurde, die eher an eine Expedition in arktische Polgefilde erinnerte. Dabei handelte es sich um ein Gespräch unter engen Familienmitgliedern auf der Trauerfeier eines geliebten Menschen.

„Wenn du was brauchst, meldest du dich bitte. Hörst du, Karola?"

Werner erhielt keine brauchbare Reaktion auf seine Offerte und wirkte geknickt. Er startete einen letzten Versuch.

„Und unseren kleinen Enkel holen wir gern zu uns, wenn wir ihn ab und an nehmen dürfen. Wir sehen den Jungen so selten."

Karola ließ jedes Entgegenkommen aus, nahm Knut an die Hand und drehte sich wortlos um. Ingrid streichelte ihren Mann feinfühlig auf Höhe seines rechten Schulterblattes und griff anschließend Werners Unterarm. So verließen die beiden betrübt, aber einig den Gastsaal. Ende.

Wenn der Frost zu tief

in den Zweigen des Baumes sitzt,

braucht es mutige Knospen,

die sich frei zur Sonne ausrichten.

KAPITEL SIEBEN.

Karola ließ sich sofort nach Olafs Tod krankschreiben. Zu groß mutete ihr die Belastung an, jeden Tag bei der Arbeit erscheinen und den erdrückenden Fragen ihrer Kollegen ausweichen zu müssen. Doch wie viele Wochen konnte sie dies durchhalten, ohne in existenzielle Nöte zu geraten? Und welche Außenwirkung entstünde, wenn sie über einen ungewissen Zeitraum hinweg ausfiele, der von vermeintlicher Schwäche gespeist wurde? Es schickte sich schließlich nicht, den Kontakt zur Außenwelt abzubrechen, ein dreijähriges Kind zu isolieren und sich fliehend einzugraben, wie es sonst nur Strandkrabben tun würden. Kopf hoch, weitermachen. Das war die einhellige Devise, von der Karola prophezeiend ausging, als sie spätabends am Küchentisch hockte und krumme Karotten schälte.

Sie bereitete den Eintopf vor, den es morgen Mittag geben sollte. Knut mochte das Gericht zwar nicht besonders, allerdings wollte Karola jene Kartoffeln verarbeiten, die kurz vor der Keimung standen. Und die Möhren streute sie ein, um für ein wenig Farbspiel auf den Tellern zu sorgen. Eine breite Kerze, die mittig auf dem Fensterbrett platziert war, spiegelte ihr Licht in virtuoser Weise in der Scheibe. Es war nicht nur Wachs, der nach dem Anzünden sinnlos herunterbrannte, sondern eine Schönheit der Natur, die der abendlichen Küchenarbeit beiwohnte. Die Karotten waren so schräg im Wuchs, dass Karola Mühe hatte, die komplette Schale zu entfernen. Trotz größter Sorgfalt, waren nach der Häutung des Gemüses noch feine Erdreste zu sehen, die sie mit lauwarmem Wasser und der

52

Kraft ihrer Finger abwusch. Die Kartoffeln könne sie auch morgen früh fertigmachen, so ihr müder Gedanke. An der Wand neben dem Fenster hing eine himmelblaue Küchenuhr mit weißem Zifferblatt, die Karola daran erinnerte, dass es höchste Zeit wurde, zu schlafen. Sie pustete die Kerze behutsam aus, putzte sich die Zähne und legte sich nahezu geräuschlos ins Bett. Dort war sie nicht allein, denn den Schlafplatz teilte sie mit ihrem Sohn.

Knut schlief derweil tief und fest, nur ab und zu regte sich sein Körper infolge kurioser Traumfahrten. Häusliche Ruhe kehrte ein, auch wenn in den beiden nebeneinanderliegenden Menschen eine Stimmung herrschte, die eher mit nachkriegsähnlichen Zuständen zu vergleichen war. Eine hilflose Kinderseele wurde von einer Mutter gestützt, die selbst Schutz und Rückhalt suchte – vielleicht ihr Leben lang.

Karola war früh von zu Hause ausgezogen, weil sie arbeiten und Geld verdienen wollte. Sie machte eine Ausbildung zur Krankenschwester und malochte anschließend seit Jahren in dem lokalen Kreiskrankenhaus. Es fehlte an Personal und Material und selbst einfachste Hilfsmittel wie Spritzen mit dazugehörigen Nadeln, waren Mangelware. Auch das medizinische Gerät war veraltet und so blieb Karola oft nichts anderes übrig, als sterbenskranke Patienten mit gutem Zuspruch zu versorgen. Dass sie hier nicht ewig ausharren könne, war ihr bereits vor Olafs Tod klar. Doch fehlte ihr der Mut, noch einmal neu anzufangen und ihr Leben in eine Richtung zu lenken, die mehr vorgab, als nur pflichtbewusstes Verharren in einer knorrigen Struktur. Nach dem Schicksalsschlag wurde Karola noch bewusster, dass sie nicht in der Lage war, ihren alten Job als Krankenschwester weiter auszuüben. Ihre Kraft, die, auf einer Skala von eins bis neun, bei null lag, ließ ihr keinen Spielraum mehr, die Dinge so zu handhaben, wie sie es bisher tat. Trotz dieser Erkenntnis, rotierten in ihrem Kopf alte Muster hin und her und drängten sie unablässig dazu, nicht all das aufzugeben, was sie sich bis dato erarbeitet hatte. Ganz zu schweigen davon, dass Karola nun alleinerziehend war und ein Dreijähriger akkurat versorgt werden musste. Wichtig sei außerdem, dass kein Gefühl von Schwäche nach außen dringe, so der immerwährende Wortlaut, den sie aus ihrem Elternhaus mitbekam. Bei Bedarf hätte sie ihre Mutter, samt strenger Mimik und Gestik, eins zu eins imitieren können, derart prägnant waren die Dogmen bei Karola eingebrannt. Doch nun war es an der Zeit, die Ruhe der Nacht fließen zu lassen. In der Hoffnung, dass alles weggeschwemmt wird, was an groben Steinen und kantigem Bauschutt in Karolas Magen lag.

Stein auf Stein –

so wird gebaut und anschließend verputzt.

Erst wenn die Fassade bröckelt,

zeigt das Mauerwerk

seine wahre Schönheit.

KAPITEL ACHT.

Weihnachten stand vor der Tür und Karola machte sich daran, ein paar Plätzchen für Knut und sich zu backen. Ihr dreijähriger Sohn half ihr dabei und stach das feine Buttergebäck mit kindlicher Sorgfalt und mithilfe der Tierformen aus. Der kleine Junge erfreute sich an der Vielfalt der Motive und schnappte sich mit großer Begeisterung den Osterhasen. Ein Sinnbild der Vorweihnachtszeit. Er formte Keks um Keks, und das in einer Geschwindigkeit, die Karola sichtlich überrollte. Sie war dennoch bemüht, fortwährend Teig auszubreiten, um ihrem Sohn genügend Material bereitstellen zu können. Die Hasenbande sollte schließlich zügig wachsen. Der Ofen war schön hochgefahren, denn sie hatte das Gerät bereits vor dreißig Minuten angestellt, um ausreichend vorgeheizt zu haben. Die Plätzchen landeten auf dem Blech und anschließend schob Karola sie zum Ausbacken in die bräunende Hitze. Ein Schwall warmer Luft stieg ihr entgegen, bevor das Backgut dann für ein paar Minuten allein blieb.

In der Zwischenzeit schaffte sie Ordnung in der Küche und beobachtete mit einem Auge, was Knut so trieb. Dieser war damit beschäftigt, einem Bund Petersilie die Blätter abzurupfen, obwohl das grüne Kraut gar nicht als Zutat für das Abendbrot vorgesehen war. Er zupfte mit gut entwickelter Motorik an den Stielen, bis wieder, zwischen seinem Daumen und dem rechten Zeigefinger, ein Stück von der Pflanze verankert war. Karola disponierte um und überlegte sich nebenher, was sie mit der frisch gerupften Petersilie anfangen könnte. Der Nachmittag verlief im Antlitz trauter Zweisamkeit und die Sonne stellte langsam ihren Betrieb ein. Durch das Küchenfenster blitzten ihre letzten Strahlen. An dieser Stelle sei festgehalten, dass der hellste aller Sterne nun zunehmend darauf bedacht war, die südliche Hemisphäre auszuleuchten. Auf der Himmelsscheibe von Nebra, einem grandiosen Zeugnis der Menschheitsgeschichte, wurde bereits vor 3600 Jahren bildlich aufgezeigt, wie mystisch unser Kosmos ist. Tag und Nacht wechseln die Kleider, Sonne und Mond tauschen die Rollen.

Als die Kekse ihre ideale Bräune erreicht hatten, fühlte sich Karola müde und ausgelaugt. Etwas Süßes musste her, das sie aufmuntern sollte – also schleunigst hinaus mit den Hasen, die als Plätzchen verkleidet aus dem warmen Ofen wanderten. Mit einem Küchenwender geleitete sie die Leckereien sanft vom Blech und steckte sich dabei ein heißes Stück Gebäck in den Mund. Sie ging davon aus, dass Knut nichts von ihrer Heimlichkeit mitbekäme. Mit ihrer Zunge schob sie die Backware hin und her, stellte aber flott fest, dass sie sich den Gaumen verbrannt hatte. Karola spülte mit kaltem Pfefferminztee nach und rasch setzte Linderung ein. Knut machte auf sich aufmerksam, denn schließlich wollte er einen seiner Hasen kosten. Karola erklärte ihm, dass er warten müsste, denn die Kekse seien noch viel zu heiß für ihn. Ihr aufmerksamer Sohn bekam allerdings mit, dass sich seine Mutti vorab an der Backware bedient hatte.

Er ging wortlos ins Schlafzimmer, legte sich aufs Bett und knuddelte sein allerliebstes Plüschtier, das er auf den Namen „Grunz" taufte. Ein etwa zwanzig Zentimeter großes Schwein, das entgegen seiner realen Artgenossen, einen hellgrünen Kopf und Körper hatte. Dessen Nase war ursprünglich schneeweiß, doch durch Knuts intensive Pflege, färbte sich die Schnute des Tieres zunehmend gräulich ein.

Als Karola ihrem Sohn wenig später einen Keks bringen wollte, war dieser eingeschlafen. Nur „Grunz" wusste, was in dem dreijährigen Jungen vorging, denn zu seinem Schwein hatte Knut Vertrauen.

Die gesamte Menschwerdung

beruht auf dem Glauben

an das Gute.

KAPITEL NEUN.

Knuts nebelgrauer Sportwagen aus Ingolstädter Produktion schwebte über die Autobahn. Der Scheibenwischer verrichtete bestmögliche Arbeit, doch es schneite derart kräftig, dass die Sichtweite unter fünfzig Metern lag. Die Flocken tanzten kreuz und quer und der stürmische Nordostwind schob sie zu herrlichen Wirbeln zusammen. Fast mutete es an, als wolle die Natur einen hellen Schleier über die Erde legen, der alles Dunkle unter sich einschließt und eine neue Welt erschafft. Die Rücklichter der anderen Fahrzeuge verschwammen im milchig trüben Wetter der Mittagszeit. Knut pendelte seine Geschwindigkeit zwischen 90 und 120 Kilometern pro Stunde ein, je nachdem ob die linke Spur frei war oder er von „lahmen Enten" ausgebremst wurde. Dass die Sichtverhältnisse eine derartige Rasanz gar nicht zuließen, störte ihn wenig. Er wollte die Geschehnisse des Vormittages und den damit verbundenen Stress, endlich abschütteln und zeitig bei seiner Großmutter im Krankenhaus eintreffen. Außerdem war Knut der Meinung, dass er ein geübter Autofahrer sei und in den Jahren seines Außendienstdaseins so viele Kilometer unfallfrei überstand, dass er jede Verkehrssituation mit stoischer Gelassenheit einzuordnen wusste. Und er säße in einem Automobil, das deren Ingenieure unter der Maßgabe entwickelt hätten, dass es im absoluten Grenzbereich konsequent auf die Anweisungen seines Fahrers reagierte.

Nach siebenundzwanzig Kilometern auf der breit asphaltierten Autobahn verließ Knut diese auf einer Abfahrt, die ihn entlang der

Landstraße weiter in Richtung Hospital führen sollte. Eine halbe Stunde benötigte der letzte Rutsch, dann wäre er endlich vor Ort. Innerlich weiterhin aufgewühlt, betrafen seine Sorgen nun zunehmend den Gesundheitszustand seiner Oma.

Er erinnerte sich, wie seine geliebte Großmutter vor rund achtzehn Monaten mit Lungenversagen eingeliefert wurde und nur die professionelle Beatmung der Ärzte vor Ort Schlimmeres verhindern konnte. Seitdem litt sie unter depressiven Phasen und dem körperlichen Verfall, der es Werner nicht immer leicht machte, Haus und Hof in einem ordentlichen Zustand aufrecht zu erhalten. Von Knut erhielten die Großeltern nur selten glaubhafte Unterstützung, denn dieser kämpfte mit chronischem Zeitmangel und war durch die räumliche Trennung gut eine Autostunde Fahrzeit entfernt. Jeder führte sein eigenes Leben. Dass Knut sich in den letzten Jahren emotional von seinen Großeltern entfernte, fiel ihm nicht sonderlich auf. Vielleicht deshalb, weil er sogar zu sich selbst jede Nähe verlor.

Der Schneefall ließ nicht nach und bedeckte unentwegt die flache Ackerlandschaft samt jener Landstraße, auf der sich Knut befand. Er schien ganz allein unterwegs zu sein, denn andere Reisende suchte man vergebens. Vielleicht war dieser Befund nur deshalb festzustellen, weil sich die Sichtweite erneut verkürzt hatte und die Menschen es für klüger befanden, dem Straßenverkehr nicht mehr beizuwohnen. Als Knut ein Gefühl von Schwindel überkam, war er sieben Kilometer vom Krankenhaus entfernt. Er befand sich auf gerader Piste und die nächste Rechtskurve war gut achthundertsechzig Meter voraus. Aus etwa neunzig Stundenkilometern kommend, verzögerte er intuitiv sein nebelgraues Fahrzeug. Er war sich nicht sicher, ob sein Bewusstsein schwinden würde und er die Kontrolle verlöre. Zeitgleich presste er seine Augen zusammen und schlingerte unkontrolliert über den schneebedeckten Asphalt. Vor seinem inneren Antlitz rekapitulierte er seinen Fahrradunfall, den er mit sieben Jahren erlebte. Wie konnte er damals den Maulwurfshügel übersehen? Binnen Bruchteilen einer Sekunde erkannte er den Zusammenhang und sackte noch tiefer ins Unbewusste ab. Knut fand sich im Alter von vier Jahren wieder.

In der traumartigen Sequenz regte sich seine Mutter Karola darüber auf, dass die Maulwürfe im Garten für Unordnung und langfristige Zerstörung der Rasenflächen sorgten. Um die blinden Insektenfresser zu verscheuchen, verschüttete sie Chlorwasser und verteilte dieses auf dem gesamten Erdboden, der sich in der Nähe der frischen Haufen befand. Die Regenwürmer krochen wenig später heraus und bald darauf folgte ihnen ein Maulwurf. Das kleine Säugetier steckte seine spitze Nase in die frühsommerliche Luft und startete einen Versuch der Orientierung. Die pfiffigen Grabekünstler fühlen sich unter der Erde sicherer als auf der luftigen Wiese. Doch lange währte der Erkundungsversuch nicht, denn Karola packte das junge Tier und warf es in die offene Regentonne, die sich unweit der Rasenfläche befand. Der nützliche Erdbewohner ertrank und sein lebloser Körper schwamm über den Nachmittag hinweg auf der Wasseroberfläche. Von der Terrasse aus hatte Knut das Geschehen im Blick und spielte, sonderbar abwesend erscheinend, weiter mit seinen Holztieren. Fuchs und Hase ließ er zusammen agieren, denn in seiner kleinen Welt verstanden sich die beiden prächtig.

Als Knuts Erinnerung wieder einsetzte, war sein nebelgrauer Sportwagen zum Stehen gekommen, ohne auch nur einen Kratzer aufzuweisen. Der Wagen stand regungslos auf der Landstraße und sein Fahrer tat es ihm im Innenraum gleich. Ob er wirklich wach war, vermochte Knut zu diesem Zeitpunkt nicht zu beurteilen. Zu tief bewegte ihn die Szene, die soeben vor seinem inneren Auge abgelaufen war. Er musste einige Tränen vergossen haben, denn entlang seine rechten Wange schlängelte sich ein salziger Bachlauf. Als er damals mit seinem „Rot Runner" stürzte, fand sich genau dort die kleine Schramme, die sein Großvater Werner so liebevoll inspizierte und mit heilender Puste erstversorgte. Knut wusste, dass ihm eine Zeitenwende bevorstand, die hier und heute eingeläutet wurde.

Draußen beruhigte sich der scharfe Nordostwind und zwischen den letzten Schneeflocken, buhlten eifrige Sonnenstrahlen um den besten Platz am Mittagshimmel.

Das Leben ist eine Gabe.

Und es rät jedem,

mehr zu geben als zu nehmen.

KAPITEL ZEHN.

Alles auf diesem Planeten hat einen Namen, so auch das Mysterium. Was es genau war, wer es lenkte und welche Absichten es hatte, blieb ein fortwährendes Rätsel. Namen sind wie Kleider. Alle tragen sie, aber niemand weiß so recht, aus welchem Grund sie es tun. Vielleicht schützen sie vor Nässe und Kälte. Manchmal sind sie nett anzusehen. In jedem Fall kann man sie wechseln. Beliebig oft. Oder ganz einfach ablegen. Wie heißt du eigentlich?

Auf die Frage, warum das Mysterium die Informationen seines geheimen Kerns so gut beschützte, antwortete es zu diesem Zeitpunkt nicht. Vielmehr versuchte es, ihm deutlich zu machen, dass es anwesend und über allem wachend war, Ratschläge anbot und – wenn auch unterbewusst – die Richtung vorgab. Und dass es seine Impulse schubweise ins Bewusstsein der Menschen bringt. Da das Mysterium nicht sichtbar war, fiel es ihm nicht leicht, Kontakt mit dem Verhüllten aufzunehmen. Vielmehr verheddere er sich in den verklebten Gedanken, die ihn zurück in alte Sphären hievten. Er nannte diese Zeit Vergangenheit – Zeit, die vergangen war. Ob sie wirklich zurücklag, ließ sich zu diesem Zeitpunkt nicht beweisen. Denn manchmal ist das Gestern näher als das Heute. Und das Mysterium entstand eines Tages nur deshalb, weil es von den Menschen einen geheimnisvollen Namen bekam.

Wenn wir uns

dem Leben wahrhaft öffnen,

wacht sein Geist über uns.

KAPITEL ELF.

Knut meisterte die letzten sieben Kilometer unfallfrei und erreichte das Krankenhaus um 13.23 Uhr. Sichtlich aufgewühlt und ein wenig desillusioniert fiel ihm auf, dass er gar kein Geschenk für seine Oma besorgt hatte. In der Aufregung um den ausgefallenen Kundentermin und infolge des hastigen Losfahrens, vergaß er, dass er seiner Großmutter die, von ihr so gemochten gelb-orangenen Rosen, mitbringen wollte. Den Kofferraum durchstöbernd, suchte er nach einem geeigneten Präsent und fand unter der Heckklappe des sportlichen Gefährts sein Schwein „Grunz". Dieses befand sich in der Reisetasche, die er heute Morgen akkurat gepackt hatte, um nach dem Krankenhausbesuch für eine Übernachtung bei seinem Großvater Werner ausgestattet zu sein. Das plüschige Wesen nahm Knut regelmäßig mit auf Tour, denn es vermittelte ihm ein warmes Gefühl von Sicherheit. Feinfühlig holte er „Grunz" aus der Tasche, streichelte seinem Weggefährten sanft über den Bauch und schaute ihm tief in seine dunkelgrau gestickten Wollaugen. Knut hatte ein Geschenk für seine Omi gefunden.

An der Rezeption des Hospitals meldete Knut sich als Enkel seiner kranken Großmutter an und bekam den Hinweis, dass seine Oma im dritten Stock auf Zimmer sechsundachtzig untergebracht war. Die etwa fünfzigjährige Dame am Empfang hatte haselnussbraune Haare von mittlerer Länge, blaugrün schimmernde Augen und ein unsicheres Auftreten. Sie wirkte unruhig in ihrer Gestalt und erweckte den Eindruck, den Umgang mit Menschen als bedrohlich wahrzunehmen. Vielleicht wunderte sie sich auch nur darüber, dass ein erwachsener Mann unter seinem rechten Arm ein plüschiges Schwein hielt. Knut wirkte jedenfalls irritiert, denn die Frau erinnerte ihn sehr an seine Mutter, die ebenfalls lange in einem Krankenhaus arbeitete. Doch ein Nervenzusammenbruch zwang Karola vor neunzehn Jahren in die Berufsunfähigkeit und seitdem verbrachte sie ihre Tage vornehmlich allein zu Hause. Ob diese Frau ebenfalls mit einer psychischen Erkrankung zu kämpfen hatte? Knut wollte diesem Gedankenspiel entfliehen und bedankte sich gekonnt höflich bei der Krankenhausmitarbeiterin. Danach begab er sich schnurstracks zum Fahrstuhl, der sich nur wenige Schritte entfernt befand.

Vor Zimmer sechsundachtzig angekommen, sammelte sich Knut kurz und formulierte gedanklich einige Worte, mit denen er seine Oma begrüßen wollte. Anschließend inspizierte er „Grunz" ein letztes Mal auf Fellsauberkeit und schenkte ihm einige Sekunden seiner vollsten Aufmerksamkeit. Er dankte dem kleinen Schwein wortlos für seine loyale Freundschaft, die die beiden seit Knuts jüngster Kindheit vereint hatte und kniff ihm liebevoll in sein rechtes Ohr. Ein Beweis von großer Zuneigung und enger Vertrautheit. Gleich würde er die Tür öffnen und sich samt seiner Weltsicht frisch justieren. Anfang.

Die Erde ist keine Scheibe,

sondern ein sich

weiterdrehender Planet,

der auf jeder Seite

ein neues Mysterium offenbart.

KAPITEL ZWÖLF.

Mit vier Jahren kam Knut zu seinen Großeltern. Seiner Mutter Karola fehlte die Kraft, sich vorbildlich um ihren Spross kümmern zu können. Lange hatte sie überlegt, wie sie nach ihrem Burnout wieder auf die Beine kommen sollte, doch seit Wochen fühlte sie sich energielos und mit jeder Kleinigkeit überfordert, das der Alltag einer Alleinerziehenden mit sich brachte. Es blieben ihr kaum Optionen, denn Knut langfristig zu ihren Eltern zu geben, fiel als vertrauenerweckende Variante aus. Zu sehr schmerzte sie die Erinnerung an ihre eigene Kindheit und das zermürbende Gefühl von unterlassener Fürsorge. Sie wusste, dass es nur einen plausiblem Weg gab – Ingrid und Werner sollten Knut fortan großziehen.

Mit allem gesammelten Mut nahm sie den Telefonhörer auf und rief die Eltern ihres verstorbenen Mannes Olaf an, der vor beinahe einem Jahr starb. Sie haderte sichtlich mit dem Gefühl, ihren kleinen Sohn in fremde Hände zu geben, doch wusste sie auch, dass Ingrid und Werner ehrbare Eheleute waren, die ein hohes Maß an Herzlichkeit und Empathie aufbrachten. Karola schämte sich dafür, dass sie ihre Schwiegereltern über Jahre hinweg als bedrohlich einstuft hatte. Wann immer Olaf gut über die beiden sprach, ging ihr die Hutschnur hoch und sie reagierte mit kindlichem Trotz und tiefer Eifersucht – es sollte niemand anderes geben, als sie selbst. Doch mit dieser Devise eckte sich wahrnehmbar an und entfremdete sich vermehrt von ihrem Ehemann. Dieser besuchte seine Eltern fortan allein, denn Knut durfte ihn partout nicht begleiten. Karola vertrat die Meinung, dass das Kind die volle Aufmerksamkeit seiner Mutter genießen musste – und da diese zu Hause blieb, verweilte eben auch ihr Sprössling in seiner vertrauten Umgebung.

Aus heutiger Sicht betrachtet, lässt sich ihre damalige Gefühlslage geschärft aufzeigen: Karola war von einer subtilen Angst durchzogen, die ihr ununterbrochen suggerierte, dass jeder Kontakt mit der Außenwelt eine bedrohliche Richtung nehmen könnte. Nicht, weil die Menschen ihr physischen Schaden zufügen würden, sondern eher aus der Gefahr heraus, dass ihr etwas weggenommen wird, das sie unglaublich lieb gewonnen hatte. Je weniger Zeit Olaf und Knut mit den vermeintlichen Rivalen verbringen würden, desto weniger Risiko bestand, dass sich die beiden von ihr abwenden könnten. Stets von dem Gefühl gespeist, der Situation vielleicht nicht gewachsen zu sein. Doch die geliebten Menschen bauten unüberwindbare Mauern zu ihr auf, die schon bald von derartiger Stabilität waren, dass sie nicht mehr eingerissen werden konnten. Olaf starb im Alter von neunundzwanzig Jahren infolge eines Herzinfarktes. Und Knut lebte fortan bei seinen Großeltern. Er hatte über viele Jahre hinweg mit den unverdaulichen Steinen zu kämpfen, die seine Mutter Liebe und Fürsorge nannte.

Der Telefonhörer hatte sich erwärmt, denn Karola umschloss diesen minutenlang mit ihrer feuchtwarmen Hand. Sie schien in alten Zeiten versunken zu sein – unterwegs mit einem betagten Schiff zwischen den Inseln ihrer Vergangenheit. Links- und rechtslastig vom Boot tauchten zwei imaginäre Blauwale auf, die mit ihrer schier unendlichen Autorität aufzeigten, dass ein Gefährt auf dem

Wasser nur sicher ist, wenn es nicht zum Kentern gebracht wird. Einzig wenn die See flach bliebe und keine äußerliche Krafteinwirkung auf das Schiff träfe, würde die Besatzung überleben. Dass die Blauwale durch ihre herrischen Eltern verkörpert wurden, gelangte zu diesem Zeitpunkt nicht in ihr Bewusstsein. Karola taumelte als Folge ihrer fremdgesteuerten Gedanken umher und dennoch spürte sie innerlich, dass der einzig überzeugende Schritt sein musste, trotz schwindender Kräfte an Bord zu verharren. Mithilfe der Wählscheibe des Telefons gab sie die Nummer ihrer Schwiegereltern ein und wartete, bis sich das Gespräch erfolgreich aufbaute.

„Werner Lauermann am Apparat, guten Tag."

„Sei gegrüßt, Werner. Hier ist Karola. Wie geht es euch?"

Ihr Schwiegervater wirkte überrascht und benötigte einen kurzen Moment der Realisierung. Noch nie zuvor hatte sich ein Telefongespräch zwischen Karola und ihm ergeben.

„Karola, du bist es – Hallo. Lieb, dass du anrufst. Uns geht es halbwegs gut. Ingrid hat in den letzten Tagen wieder an Olafs Tod zu knabbern. Aber wir müssen nach vorne sehen, anders geht es nicht. Wie ist die Lage bei euch, ist Knut wieder ein schönes Stück gewachsen?"

Karola umsegelte ein Gefühl von Sicherheit, als sie Werners Stimme hörte und zugleich vernahm, dass dieser positiv auf ihren Anruf reagierte.

„Bei uns gibt es nicht viel Neues. Knut spielt oft mit seinen Holztieren und weil es nun langsam Herbst wird, sind wir viel drinnen. Aber ja, euer Enkel isst gut und aus ihm wird bestimmt ein stattlicher Kerl. Was ich mit euch besprechen wollte: Auf der Arbeit ließ sich regeln, dass ich dort nicht mehr erscheinen muss. So habe ich Ruhe. Nur ist mir aufgefallen, dass Knut sehr wenig spricht und am liebsten für sich allein ist. Ich weiß nicht, aber vielleicht ist es ihm zu langweilig bei mir. Nun hatte ich an euch gedacht. Du hattest mir doch auf Olafs Trauerfeier angeboten, dass ihr ihn gern mal nehmt. Steht das Angebot noch?“

Karola verschwieg ihre Absicht, Knut für einen längeren Zeitraum an Ingrid und Werner abgeben zu wollen. Zu schwer fiel es ihr, diesen Entschluss in Worte zu fassen. Außerdem kostete es sie bereits unendlich große Überwindung, ihre Schwiegereltern um Hilfe zu bitten. Sie vermied es konsequent, auf andere Menschen angewiesen zu sein – denn die Wahrscheinlichkeit, anschließend enttäuscht zu werden, lag aus ihrer Sicht in einem unkontrollierbar hohen Bereich.

„Oh, das wäre aber schön, wenn Knut ein paar Tage zu uns kommen darf. Und Ingrid freut sich bestimmt sehr. Ich frag‘ sie gleich mal, ja?“

Werner ließ euphorisch den Telefonhörer fallen und die gekräuselte Strippe des Fernsprechers baumelte bis zum Boden. Einige Sekunden verblassten im Angesicht der Zeit, bis Karola wenig später eine Antwort erhielt.

„Du, ich hab' mit Ingrid gesprochen. Die ist ganz begeistert, dass Knut herkommen darf. Wann können wir ihn denn holen – passt es dir morgen Vormittag?"

Karola nickte wohlwollend: „Gern gleich morgen vor dem Mittag, klar. Das bekommen wir hin. Ich packe ihm seine Sachen ein. Hoffentlich will Knut nicht sein halbes Kinderzimmer mitnehmen. Dann sehen wir uns morgen um zehn, ja?"

„Ja, so machen wir das. Danke, Karola. Bis bald."

Werner legte zufrieden auf und berichtete Ingrid begeistert von den Geschehnissen.

An diesem Oktobertag wurde deutlich, dass das Schiff einzig dann kentert, wenn deren Mannschaft die Blauwale als direkte Gefahrenquelle definiert. Betrachtet man sie hingegen als friedliebende und einfühlende Wesen, würden sie der Besatzung (samt weiblichem Kapitän) fortan den Weg in ruhige Gewässer aufzeigen.

Mit der Zeit erhält

all jenes Nichtigkeit,

was nie um Wahrheit bemüht war.

KAPITEL **DREIZEHN.**

Die himmelblaue Küchenuhr mit dem weißen Zifferblatt zeigte 09.29 Uhr, während Karola zwei reife Birnen schälte, die als Reiseproviant für ihren Knut gedacht waren. Am Abend zuvor hatte sie seine Lieblingskleidung ausgewählt und diese in einem großen Koffer verstaut, um ihn anschließend zu fragen, welches Spielzeug er zu seinen Großeltern mitnehmen möchte. Wenig deutete auf einen langfristigen Abschied hin, wäre da nicht ihre innere Unruhe gewesen, die Karolas schärfste Selbstkontrolle abverlangte, da sie ansonsten von ihrer Zerrissenheit zerfetzt worden wäre. Knut musste geahnt haben, dass mit seiner Mama etwas nicht stimmte.

Kleine Kinder sind sehr feinfühlig in ihrer Wahrnehmung und beleuchten die Welt intensiver, als wir Erwachsene es für möglich halten. Mit hoher Wahrscheinlichkeit wusste der vierjährige Junge bereits, dass ihm ein neuer Lebensabschnitt bevorstand, der – wie bei jeder Entscheidung, die ein Kleinkind mitzutragen hat – nicht in seinen schmalen Händen lag. Karola kämmte Knuts mittelblonde Haare behutsam und überprüfte ein letztes Mal, ob seine Kleidung bügelglatt und fleckenfrei war. Der Vierjährige trug einen lindgrünen Pullover aus Baumwolle samt seiner beigefarbenen Lieblingshose aus festem Stoff, die mit winzigen grünen Hasen bedruckt war. Bereitgelegt war außerdem die dunkelgrüne Wollmütze, die Ingrid ihrem Enkel zum vierten Geburtstag gehäkelt hatte. Da für den Tag kaum zehn Grad angesagt waren, sollte Knut es mollig und warm haben.

Nur die Jacke fehlte noch, die Karola ihrem Sohn erst anziehen wollte, wenn es wirklich nach draußen ginge. Als es an der Tür klingelte, war es 09.51 Uhr.

Werner traf überpünktlich ein und ließ es doppelt läuten. Karola gab ihrem Sohn einen feinen Kuss, erklärte ihm daraufhin, dass sein Großvater gekommen sei und ging zügigen Schrittes zur Tür. Bevor Karola die Klinke in die Hand nahm, atmete sie besonders tief durch und strich sich diffus über ihre rechte Augenbraue. Als sie den Hauseingang öffnete, stand Werner mit einem selbst gezogenen Zitronenbäumchen und dem dazu passenden (lieblich gelben) Übertopf vor ihr. Als passionierter Gärtner wusste er um die Schönheit dieses kleinen Obstbaumes, der mit guter Pflege in fünfzehn Jahren Früchte tragen würde. In der Hoffnung, seiner Schwiegertochter eine Freude zu bereiten, hatte er den Ableger am gestrigen Nachmittag umgetopft und als Geschenk aufbereitet.

„Guten Morgen Karola, der kleine Zitronenbaum ist für dich. Ich hab' den Samen selbst eingepflanzt und nun, nach dem herrlichen Sommer, ist ein zartes Pflänzchen aus ihm gewachsen."

Dass Werner in so warmen Bildern sprach, stellte eine Ausnahme dar, denn er sah sich selbst als Mann der kurzen und klaren Worte. Doch seine Leidenschaft für die Gartenflora ließ er gern nach außen durchlässig werden. Seine Schwiegertochter war überrascht, denn mit einem Geschenk hatte sie nicht gerechnet.

„Werner, hallo. Das ist aber lieb von dir. Den stelle ich mir in die Küche, denn auf dem Fensterbrett ist noch Platz. Knut ist abfahrbereit. Ich hab' ihm genügend Klamotten eingepackt – für den Fall,

dass er sich bei euch im Garten schmutzig macht. Und seine Plüsch-
tiere sind im Rucksack, die wollte er gern mitnehmen."

Karola schob Koffer und Ranzen bis vor die Haustür und rief ihren
kleinen Sohn zu sich. Knut ließ nicht lange auf sich warten und begrüßte seinen sichtlich erfreuten Großvater mit einem kindlichen
Handschlag. Unter seiner linken Achselhöhle versteckt und dennoch mit genügend Frischluft versorgt, hielt er sein Schwein
„Grunz". Obwohl Werner seinen Enkel sofort fragte, ob es ihm gut
ginge, reagierte Knut nicht mit Worten. Die Stille hatte ihn in letz-
ter Zeit überkommen und besonders wohl schien er sich zu fühlen,
wenn er nichts sagen musste. Und so verabschiedete sich Karola zuerst von Werner und anschließend von ihrem Sohn. Übertrieben
wäre es zu schildern, dass der Fortgang von einer warmherzigen
oder besonders eisigen Stimmung genährt wurde, denn dafür reich-
ten die gezeigten Emotionen nicht aus. Vielmehr entstand der Eindruck, dass Knut sehr bald zu seiner Mutter zurückkehren würde.
Ein Trugschluss. Als Werner alle Utensilien im Kofferraum seines
Wagens aus DDR-Produktion verstaut hatte, schimmerte der nahe
liegende Kirchturm in der hellen Vormittagssonne. Das weiße Zifferblatt des sakralen Baus zeigte deutlich die Uhrzeit – 10.04 Uhr.
Abschied.

Sei Kind,

um die Taten der Erwachsenen

verstehen zu können.

KAPITEL VIERZEHN.

Ingrid traute ihrem Anblick kaum, als ihr Enkel inmitten des Krankenhauszimmers stand und seine Oma aufrichtig anlächelte. Im ersten Moment hatte sie gar nicht realisiert, wer den Raum betreten hatte, denn in der Nachmittagszeit bekam jeder der drei Patienten regelmäßig Besuch. Knut begrüßte seine Oma und fragte sie ohne Zeitverzug, ob er sie berühren dürfe. Ingrid nickte eilig und so umarmten sich die beiden innig. Eine tiefe Vertrautheit war, trotz der distanzierten letzten Jahre, sofort spürbar. Ingrid hätte ihrem Enkel auch nicht böse sein können, schließlich wusste sie, dass ihn sein Leben sehr beschäftigte. Festzustellen ist hingegen, dass Knut nicht weniger Zeit als seine Großeltern besaß, sondern diese, entsprechend seiner Prioritäten, nur anders verteilte. Viel zu sehr lenkte er sich mit unnützem Konsum oder flachen Bekanntschaften ab und negierte dabei häufig das wahrhaft Wichtige im Leben – seine loyalen Mitmenschen. Doch die Zukunft hatte bereits begonnen, denn sie folgte der Gegenwart stillschweigend.

Knut erkundigte sich nach dem Wohlbefinden seiner Großmutter und erfuhr von ihr, dass sie bei stabiler Gesundheit war. Eine Panikattacke hatte die Atemnot verursacht und diese wurde – nicht wie von Werner befürchtet – durch akutes Lungenversagen ausgelöst. Ingrid ging es im Großen und Ganzen gut, auch wenn sie fortwährend von depressiven Schüben und vagen Angstzuständen geplagt wurde. Doch ihr Gemüt schien sich durch den Krankenbesuch ihres Enkels sichtlich aufgehellt zu haben. Die beiden unterhielten sich über eine Stunde hinweg sehr angeregt und tauschten die Ereignisse der letzten Monate aus. Knut erzählte Ingrid außerdem von seiner verschneiten Autofahrt zum Hospital.

Er wüsste nun, dass er den Maulwurfshügel damals nicht kommen sah, weil er den Berg mit geschlossenen Augen hinunterfuhr. Und dass er mit seinem „Rot Runner" aus der Angst heraus stürzte, einen Maulwurf totzufahren und sich dadurch schuldig zu machen. Dass Karola das kleine Säugetier damals im Garten ertränkte, berichtete er ebenfalls, denn nur dadurch konnte der gesamte Kontext übersichtlich und greifbar werden. Ingrid hatte schwer zu schlucken, als sie versuchte, das Gehörte einzuordnen und stückweise zu verdauen. Ihr fehlten die Worte, denn sie spürte im Verlauf jenes Nachmittages eindringlich, dass Knut in seiner Kindheit mehr Leid ertragen haben musste, als sie es bisher angenommen hatte. Sie sammelte ihre Gefühlslage und wandte sich an ihren Enkel.

„Mein Kleiner, das ist ja fürchterlich, was du mir erzählt hast. Warum hat deine Mutti das getan?"

Die Ereignisse in seinem nebelgrauen Sportwagen lagen erst gut zwei Stunden zurück. Dennoch ließ er der Frage seiner Oma eine Antwort folgen.

„Omi, weißt du, es ist wie mit den Blauwalen auf hoher See. Wir haben Angst vor Dingen, die überhaupt nicht bedrohlich sind. Die Gefahr existiert nur in unserem Kopf."

Knut spielte indirekt auf Karolas Gedankenstrudel an, der sie damals ereilte, als ihr Sohn vier Jahre alt war. Doch woher wusste Knut von den Nervenströmen, die seine Mutter zu dieser Zeit durchquerten? Hatte Karola nur laut gedacht, während ihr kleiner Spross aufmerksam mithörte? Er fuhr nahtlos fort.

„Und bei Mama war es exakt so. Sie hatte keine Furcht vor dem Maulwurf, sondern Angst vor sich selbst. Und davor, dass sie ihrer Verantwortung nicht gerecht werden kann. Es ist bestimmt nicht leicht, alleinerziehend zu sein."

Selbst der ältere Herr im Nachbarbett spitzte seine Ohren, um dem Gespräch beharrlich folgen zu können.

„Aber Omi, das ist alles Schnee von gestern. Wichtig ist, dass du bald wieder nach Hause darfst. Ich hab' noch ein Geschenk für dich dabei."

Knut befreite „Grunz" aus seinem Stoffbeutel, der aus leichtem Material gefertigt war. Er hatte das plüschige Schwein direkt vor der Zimmertür eingepackt, um sein Präsent unsichtbar in den Raum schmuggeln zu können.

„Grunz wollte dich fragen, ob du ihm ein neues Heim schenkst! Ich möchte, dass er fortan bei euch wohnt. Omi, bist du damit einverstanden?"

Ingrid lachte vor Freude und schaute dem Tier in seine dunkelgrau gestickten Wollaugen.

„Na klar, du bekommst einen tollen Platz auf unserer Couch. Und wenn der Knut kommt, kann er bestaunen, wie gut es dir bei uns geht."

Als „Grunz" zurückkehrte, kam auch der kleine Junge von damals heim.

Nur zwei Tage später konnte Ingrid aus dem Krankenhaus entlassen werden. Es ging ihr substanziell besser und sie gewann neues Vertrauen in ihren Körper.

In den nachfolgenden Wochen besuchte Knut seine Großeltern regelmäßig und das Weihnachtsfest zelebrierten die drei im Kreise inniger Geschlossenheit. Der kleine Mikrokosmos erschien wieder intakt. Und doch geriet mit den Festtagen eine Existenz ins Wanken, deren Umsturz sich über einen zähen Zeitraum erstrecken wird.

Den Jahreswechsel vollzog ein Mann mit siebenundzwanzig Jahren, dessen Weltbild zerrüttet war. Sein Glaube, fortwährender Konsum würde ihm zu wahrem Glück verhelfen, stellte sich als kapitalistisches Märchen heraus. Und seine Hoffnung, stets über den Dingen thronen und alles kontrollieren zu können, verlor Knut ebenfalls. Es standen frostige Zeiten bevor.

Es gibt keine Regeln –

nur den Hinweis,

das Gute niemals zu unterlassen.

KAPITEL **FÜNFZEHN.**

Als Knut in jener Nacht in den Himmel schaute, begegnete er den Sternen mit großer Ehrfurcht. Sie lagen in der Luft – genau wie der eisige Nordwind, der allgegenwärtig zu sein schien und seine Lippen mit feinem Raureif benetzte. Er verstand in dieser Nacht, dass er die Sterne nicht an sich reißen kann, sondern dass sie sich nur betrachten ließen. Er konnte sie beobachten, mit ihnen Blicke tauschen und sie anhimmeln. Aber niemals besitzen. Zwischen diesen Stunden lagen nicht nur unzählbare Blicke, die er gen Himmel richtete, sondern auch ganze Welten, die sich verschoben. Oder sich gerade rückten. Dass er als Mensch so manche Dinge nicht verstehen konnte, akzeptierte Knut in jener Nacht. Es schien so, als hätte ihm das kosmische Gespräch einen neuen Blick ermöglicht. Die Menschen sollten von unten nach oben schauen, dachte er in seinem Innern, und nie mehr von oben herab.

Dünne Schleierwolken zogen entlang der Himmelsprojektion. Vor dem Schnellrestaurant war reges Treiben zu vernehmen und ab und an stoppte ein Bus, der zwischen den Stationen Halt machte. Er begriff, dass alles auf dieser Welt ganz klein ist. Zerbrechlich und umkehrbar, vage und naiv. Dass es die Sterne sind, die den wahren Überblick haben. Dass sie es sind, die uns anleuchten, wenn sie es für nötig erachten. Knut fragte sich, ob es auch die Himmelsgestirne seien, die ihn beschützen und lenken. Mit einer Träne auf seiner rechten Wange, sandte er seine Frage mutig gen Himmel.

„Können wir uns bitte gegenseitig beschützen? Ich passe von hier unten auf euch auf und ihr von weit oben auf mich?"

Der Kosmos antwortete nicht. Doch Knut ahnte, dass seine Worte vielleicht zu klein waren, um solch große Versprechen auszutauschen.

Selbst wenn das Licht

bereits erloschen ist,

schaut dir noch jemand zu.

ZWEITER

TEIL

.

AUFBRUCH.

KAPITEL SECHZEHN.

Mit größter Mühe gelang es Knut, einige Sonnenstrahlen zu erhaschen. Der frühe Montagmorgen war soeben erwacht und legte sein Licht über die tristen Straßenzüge der Stadt. Knut saß angespannt in der S-Bahn und die junge Frau mit blondem Zopf machte Anzeichen, den Waggon demnächst verlassen zu wollen. Sie glättete ihre kakifarbene Stoffhose und richtete den Kragen ihrer modernen Jeansjacke. Sie trug eine knallgelbe Kunststofftasche, auf der das Logo des Markenherstellers gut sichtbar war. Ihre sommerliche Hautfarbe ließ darauf schließen, dass sie dem Sonnenlicht in der letzten Zeit sehr verbunden war. Knut sollte die Dame wenig später kennenlernen und ihren Namen erfahren. Als die junge Frau den Waggon der Straßenbahn verließ, war es 05.37 Uhr.

Die Belüftungsanlage des Zuges machte merkwürdige Geräusche, so als sei das Gerät mit der akkuraten Frischluftzufuhr überfordert. Die Düsen klapperten zynisch. Vielleicht hatten sie Freude daran, die Passagiere qualvoll ersticken zu lassen. Wer könnte der erste Fahrgast sein, der infolge akuter Atemnot kollabiert und mit Erster Hilfe versorgt werden musste? Knut spielte jede mögliche Gefahrensituation durch, die ihm in diesem Moment plausibel erschien. Er wusste, dass er unter Angstattacken litt, die ihm Szenen suggerierten, die nur vor seinem inneren Abbild existierten. Und doch wurden sie zu seiner Wirklichkeit. Es ist nicht genau zu klären, ob sein Verstand wusste, dass die Belüftung des Waggons intakt war und dass es keinen Grund zur Sorge gab. Zu berichten ist hingegen, dass Knut seine schweißnassen Handflächen zusammenpresste und wartete, dass die S-Bahn endlich an seiner Zielhaltestelle stoppte. Die Zeit stand für Minuten still, auch wenn sie auf seiner Ruhla-Armbanduhr unentwegt weiterlief.

Um 05.49 Uhr konnte Knut den Zug endlich verlassen. An der kühlen Sommerluft angekommen, überprüfte er, ob nichts von seinem Hab und Gut im Waggon verblieben war, das er im Abteil zurückgelassen haben könnte. Doch alles befand sich am gewohnten Platz. Durch die aufwühlenden Ereignisse während der Fahrt, vergaß er völlig, dass er heute Morgen noch nichts gegessen hatte. In seinem Rucksack sichtete er die Packung mit Würstchen und stopfte sich sogleich eine Wiener in den Mund. Noch fünf Minuten Fußweg, dann würde er die Fabrik erreichen. Sein Magen grummelte. Zusammen mit dem Kanon der zwitschernden Sperlinge, die nebenher ihre wildesten Tänze zelebrierten, ergab sich eine surreale Aufführung, die Knuts Arbeitsalltag in seiner Absurdität vorauseilte.

Knut beeilte sich, denn Pünktlichkeit war für ihn von besonderer Bedeutung. Selbst der kleinste, sich anbahnende Zeitverzug ließ Schweißperlen auf seiner Stirn sprießen, die er sogleich mit einem weichen Taschentuch aus ägyptischer Baumwolle wegwischte. Doch je besessener er versuchte, eine drohende Verspätung durch aufgeheiztes Agieren wettzumachen, desto mehr geriet er in Atemnot, welche dann wiederum Angstzustände in ihm hervorriefen. Ein Kreislauf, der keinen Auslass fand.

Um 05.54 Uhr erreichte Knut die Zugangskontrolle der Fabrik. Einzig der dunkelgrau eloxierte Metallzaun stellte einen farblichen Kontrast zum einheitlich weiß gestrichenen Gebäudekomplex dar. Der Himmel mischte sich mit dem Farbton der Außenmauern. Auf den beiden Seiten des Eingangsbereiches thronten große Scheinwerfer. Unterhalb der Leuchten dösten die Buchsbäume im Angesicht des noch schläfrigen Morgens. Ein nüchternes Bild entstand, das keine einhellige Meinung zuließ, welches Gewerk auf dem Gelände ansässig war.

Knut suchte im Rucksack nach seiner Mitarbeiterkarte, die ihm Zutritt zur Fabrik verschaffte. Nachdem er diese ausfindig gemacht hatte, säuberte er seine Fingernägel penibel. Mit dem rechten Daumennagel legte er die Rückstände unter den fünf Fingern seiner linken Hand frei. Gleiches wiederholte er im umgekehrten Verfahren, bis schließlich alle zehn Akren gleichmäßig gereinigt waren. Anschließend hielt er die weiße Plastikkarte unter den flimmernden Scanner und wartete auf die Resonanz des Lesegerätes. Umgehend warf die Drehtür ein akustisches Signal aus und ihm wurde der Eintritt gewährt. Mit dem Passieren der Stelle begann die Zeiterfassung. Knut schlängelte sich durch die Metallstangen und begab sich rasch zur Eingangstür des Gebäudekomplexes.

Bisher mag sich der Eindruck manifestiert haben, dass das Gelände menschenleer gewesen sei. Doch entgegen diesem Anschein tummelten sich die Mitarbeiter auf dem Grundstück der Fabrik. Die Frühschicht hatte begonnen und einige Kollegen tauschten sich über die aktuellen Arbeitsabläufe aus. Knut unterließ jeden Kontakt zu anwesenden Personen, um deren bohrenden Blicken nicht ausgesetzt zu sein. Und er hatte keinen Bedarf zu reden. Mit niemandem. Warum auch, denn seiner Einschätzung nach wäre kaum Sinniges zu erwarten. Vielmehr ginge es um Lästereien und abfällige Bemerkungen über andere Mitmenschen. Und auch die neuesten Entwicklungen in der Abendsendung eines Privatsenders, die in infantiler Qualität von der Frauensuche im Ausland berichtete, interessierte

Knut höchstens beiläufig. Nicht, dass ihn die Menschen nicht anzogen, denn das Gegenteil war der Fall. Schließlich musterte er seine Umgebung pedantisch und war pausenlos darum bemüht, die Hintergründe des menschlichen Daseins zu eruieren. Oft dominierte ihn aber das Gefühl, sich mit jedem äußeren Kontakt angreifbar zu machen. Privates preiszugeben, stand für ihn nicht auf der Tagesordnung. Eine Ambivalenz, die sich nur schwerlich aufzeigen lässt und doch von Knuts innerer Zerrissenheit berichten soll.

Immer wieder beseelte ihn die Vision von einem abgeschiedenen Leben fern von jeder gesellschaftlichen Aktivität. Nur seine Bücher und er. Keine wahnwitzigen Träume mehr, kein klitschnasses Aufwachen. Frei von Angstzuständen und Panikattacken. Eingebettet in einem Mikrokosmos, der mit den Gesetzen der Natur einverstanden war und diese achtete. Doch dafür müsste Knut zum zweiten Mal seinen Job kündigen und sich erneut vollkommen neu ausrichten. Einundvierzig Jahre lagen hinter ihm und die Hälfte seiner Lebenszeit ebenfalls.

Und doch verlor er zunehmend den Kontakt zu sich selbst – genau wie damals, als Knut siebenundzwanzig war und im Namen der sächsischen Uhrenmanufaktur von einem Vertriebserfolg zum nächsten hechelte. Ein Weg, der sich als Sackgasse herausstellte und ihn tief in die Knie zwang. Zum Glück hätte er morgen den Termin, so Knuts blitzartige und ihn beruhigende Einsicht. Sie würde ihm hoffentlich helfen können.

Wer bist du,

dass du allein entscheiden möchtest,

wen du tötest?

KAPITEL SIEBZEHN.

Als sich die Heckklappe des aluminiumgrauen Lastkraftwagens senkte und Verladerampe mit zwanzig Grad Neigung angebracht wurde, zeigte Knuts Ruhla-Armbanduhr 06.16 Uhr. Der erste Transport des Tages sollte zeitnah abgefertigt werden. Mittlerweile nieselte es leicht und für einen Morgen im Hochsommer war es mit elf Grad verhältnismäßig kühl. Eine Kaltfront hatte über Nacht für sinkende Temperaturen gesorgt und zog zudem etwas Niederschlag nach sich. Noch gestern schaute Knut den Flugzeugen bei strahlendem Sonnenschein hinterher, während ihm die Gänseblümchen auf dem Grüngrasigen Gesellschaft leisteten. Der freie Tag bei schönem Wetter reichte jedoch nicht aus, um seinen gewohnten Arbeitsalltag kompensieren zu können. Mitten in der Nacht hatte ihn ein schlimmer Albtraum ereilt und sorgte nun dafür, dass sein Gemüt von einer zähen Müdigkeit durchzogen wurde. Doch diese quälende Schläfrigkeit war ihm hinlänglich bekannt, denn zu selten hatte er in den letzten Monaten sorgenfrei durchschlafen können.

Der Lastkraftwagen war voll bestückt und erreichte sein Ziel mit einer Zuladung von zwanzig Tonnen Lebendgewicht. Das Borstenvieh verteilte sich auf drei Etagen mit jeweils vier voneinander getrennten Abteilen. So hatte der Transporter insgesamt 176 Tiere an Bord, die ihre letzte Reise nun bereits hinter sich hatten. Es handelte sich um Mastschweine, die in nur sechs Monaten zu ihrem Durchschnittsgewicht von 114 Kilogramm hochgefüttert wurden und an diesem Tag schlachtreif abgeladen werden sollten.

Knut richtete seine dunkelblaue Schirmmütze mittig aus und verharrte der Dinge, die er bereits hundertfach kommen sah.

Nachdem sich ein Mitarbeiter des Schlachthofs das Paddel geschnappt hatte, wurde das erste Schutzgitter geöffnet. Der Mann, der als korpulent und glatzköpfig beschrieben werden kann, trieb die ersten fünfzehn Tiere die Rampe hinunter. Unter wildem Quieken verließen die Schweine langsam und unfreiwillig den Verladebereich. Der etwa fünfzigjährige Mann half ohne Unterlass mit kräftigen Paddelschlägen nach, um die Fuhre zeitoptimiert abladen zu können. Nach einigem Weigern und Zögern setzte sich die Mastkolonne befehlsgemäß in Bewegung. Knut stand etwa zehn Meter vom Geschehen entfernt und sah Vincent auf sich zukommen.

Er konnte die Gruppe binnen Sekundenbruchteilen selektieren und gleichzeitig verletzte oder kranke Tiere ausmustern. Das Schwein, das ihm auffiel, hatte ein angefressenes, blutiges linkes Ohr und humpelte deutlich sichtbar. Vielleicht gab es während des Transports Rangeleien, aus denen die Verletzungen resultierten. Er packte sich ein Paddel und sprintete schnurstracks auf sein Ziel zu. Anschließend beförderte er das Mastvieh in einen separaten Bereich, der bei Notschlachtungen als Vorraum diente. Eine etwa vierzigjährige Frau mit knorpeliger Nase, die in dem Betrieb als Veterinärin arbeitete, sondierte das Tier flüchtig und entschied mit nüchterner Miene, dass eine vorzeitige Tötung vollzogen werden müsste. Knut nickte zustimmend und begab sich zurück an seine angestammte Position, um nach weiteren Besonderheiten Ausschau zu halten.

Aber Vincent folgte ihm – nicht physisch, sondern geistig. In den Augen des Schweines wohnte eine Angst inne, die Knut noch nie zuvor ergründet hatte. Dass die Tiere in schockierenden Tonlagen quieken und schreien, gehörte zum Alltag. Schließlich handelt es sich um sensitive Wesen, die ein feines Gespür für alles Gefährliche haben. Es ist nicht auszuschließen, dass allein die menschliche Kälte an der Rampe ausreichte, um die Borstentiere eindringlich zu warnen, wie lebensbedrohlich der Faktor Homo sapiens für sie sein könnte.

Knut erlangte Klarheit darüber, dass Vincent die Fabrik nicht nur mit körperlichen Schäden erreichte, sondern sich spätestens mit der Ankunft und dem nachfolgenden Abladen, auch in ein seelisches Wrack verwandelte. Er fühlte sich mit dem Tier verbunden – in welcher Art und Weise, wusste er nicht. Sicher war hingegen, dass dieses Schwein Knuts Leben verändern würde.

Als sein Arbeitstag endete, war es 14.41 Uhr. An diesem Nachmittag zeigte das Thermometer 16,4 Grad Celsius und der kühle Regen prasselte auf den grauen Waschbeton. 786 Tiere passierten seinen kontrollierenden Blick, von denen er 33 als krank oder verletzt einstufen musste. Sechsundachtzig Tonnen Leben wurden im Zuge der letzten Stunden in den vergasten Tod überführt. Feierabend.

Ein Maler erschafft

keine simplen Bilder,

sondern fortwährende Realitäten.

KAPITEL **ACHTZEHN.**

Um 15.17 Uhr erreichte Knut seine Einzimmerwohnung. Nachdem er die regendurchnässte Übergangsjacke zum Trocknen gelegt hatte, setzte er sich auf seinen schwarz-weiß gemusterten Sessel. Das Möbelstück hatte er auf einer Haushaltsauflösung erstanden und dieses anschließend mit der S-Bahn in seine Bleibe transportiert. Bequem sitzend, musterte er die Wände seines Wohnzimmers. Viel Platz bot die tapezierte Fläche nicht, um Bilder oder Kunstdrucke drapieren zu können. Und doch ließ er es sich nicht nehmen, seiner Leidenschaft gerahmten Ausdruck zu verleihen. Sieben Gemälde verteilten sich auf wenige Quadratmeter Innenmauer. Mit Bedacht wählte Knut Werke im mittelgroßen Format aus, um trotz der begrenzten Möglichkeiten, Detailreichtum mit üppiger Motivauswahl kombinieren zu können.

Er inspizierte die Kopie des von Franz Marc erschaffenen Kunstwerkes *Füchse*, das im kubistischen Stil gehalten ist. Diese abstrakte Tierwelt beeindruckte ihn von Sekunde eins, nachdem er das Bild vor Jahren in einem Museum ausgestellt sah. Getragen von einer wilden Nähe, verschaffte ihm das Sujet der Darstellung ein friedvolles Gefühl von wahrhaftem Zusammenhalt. Er erwarb den Kunstdruck und schenkte dem Motiv einen schlichten, aber dennoch stilvollen Holzrahmen. Bis zu jenem Tag verschönerte es das Wohnzimmer und munterte ihn in verlässlicher Weise von dem Alltäglichen auf, das er Arbeit nannte.

Knut war von der Gedankenwelt der Künstler tief beeindruckt. In welchen Sphären müssten diese zugegen gewesen sein, um so intime Impressionen in unsere sichtbare Realität überführen zu können? Besonders schwer fiel ihm deshalb der Verkauf der auf einhundert Exemplare limitierten Lithografie eines berühmten deutschen Expressionisten, die seiner schicken Dreizimmerwohnung damals eine besondere Stimmung verlieh. Nicht, dass ihm der materielle Wert noch wichtig gewesen wäre, nachdem er seinen Arbeitsvertrag mit der sächsischen Uhrenmanufaktur aufgekündigt hatte. Es war vielmehr die ideelle Schönheit, deren Verlust ihn bis heute melancholisch begleitet. Doch er benötigte Geld, denn der Lebensstandard von damals war ohne entsprechendes Monatseinkommen nicht fortzuführen.

Knuts Blick wanderte hinüber zu Vincent van Goghs *Sternennacht*, das eines der bekanntesten Ölgemälde des niederländischen Post-Impressionisten ist. Als Vincent dieses Bild malte, befand er sich in der Nervenheilanstalt Saint-Paul-de-Mausole in Südfrankreich – umgeben von einer pittoresken Landschaft, die nicht nur vom Lavendel geprägt ist, sondern zahlreiche Künstler zu ihren Motiven inspirierte. Ein Jahr seines Lebens verbrachte van Gogh in den Mauern des ehemaligen Klosters, in das er sich selbst einliefern ließ. Die Leitung der Anstalt gestand ihm die Malerei als Therapieform zu und so kreierte der Niederländer zahlreiche Werke, die heute weltberühmt sind.

Knut drang mit seinen Gedanken tief in das Gemälde ein, wie schon hunderte Male zuvor. Er konnte sich nicht satt sehen und ihn trieb ein unergründliches Bedürfnis, selbst in das Kunstwerk einzufließen und aktiver Teil des Geschehens zu werden – die Verschmelzung mit dem Großen, fein getrennt vom Ganzen. Tief im

Strudel der Nacht verankert – nicht wissend und zeitgleich fragend, ob die Sonne am nächsten Morgen zutage tritt. Wie gern würde er dieser lebenden Welt entfliehen, von der er nicht sicher war, dass sie wahrhaftig die Absicht hatte, ihn beschützen zu wollen. Er fühlte sich mit dem niederländischen Post-Impressionisten verbunden, der sich in seiner ihm befremdlich erscheinenden Umgebung, nicht zurechtfand. Mit Freude hätte er sich an diesem Tag mit Vincent unterhalten, um die Sicht des Malers konkret einordnen zu können. Es heißt, tote Menschen seien von uns gegangen und deshalb nicht mehr zugegen. Doch Knut war der Ansicht, dass alles miteinander verbunden sein müsse – und dass es nichts gab, dass ins absolute Nichts entglitt. So würde jedes Gemälde die Jahrhunderte überdauern, das aus wahrhaftiger Emotion heraus entstand – und damit jede Definition des Zeitbegriffes obsolet machte.

Knut wendete seinen Blick zum Wohnzimmerfenster, nachdem er bemerkte, dass die Dunkelheit bereits eingesetzt hatte. Seine Ruhla-Armbanduhr vermeldete ihm ganggenau, dass es 21.51 Uhr war.
Hellwach, aber doch der Vernunft nachgebend, begab er sich in sein schmal dimensioniertes Badezimmer, um anschließend pünktlich auf der Schlafcouch zu liegen. Ein neuer Arbeitstag stand bevor. Doch am morgigen Nachmittag, so seine Einschätzung, müsste sich etwas Grundlegendes ändern. Gesagt, getan.

Vertrauen ist keine milde Gabe.

Sie ist der Schlüssel

zum menschlichen Innenhof.

KAPITEL NEUNZEHN.

Knut versteckte sich häufig hinter dem Überzeitlichen, das ihm in den Weiten des Kosmos als Rückzugsort diente. Es sollte ihm Schutz bieten, jede dramatische Zeit unsichtbar werden lassen und als Unterschlupf fungieren, der sich nicht durch seine heimlichen Tränen aufweichen ließ. Oft fehlte ihm redlicher Zuspruch, der nicht nur in seiner frühesten Kindheit ein seltenes Gut war, sondern ihm als Erwachsenem ebenso häufig verwehrt wurde. Es ging um mehr als warme Worte. Es ging um das Zukurzgekommene und das Ausgebliebene – um Vertrauen.

Der Himmel klarte auf, als Knut die Praxis von Anna V. am sommerlich grünen Stadtrand erreichte. In der Luft mischten sich die Gerüche von blühendem Löwenzahn und verbranntem Eichenholz. Vielleicht grillte jemand in unmittelbarer Nachbarschaft. Oder das Holz wurde gar nicht verbrannt, sondern kokelte nur vor sich hin und diente als Rauchgeber zum Garen frischer Bachforellen. Idyllisch wirkte die Gegend in jedem Fall, denn ein schmaler Flusslauf speiste die satten Wiesen der Umgebung und sorgte für Eindrücke, die einem hochglänzenden Bilderbuch entsprungen sein konnten. Nichts deutete darauf hin, dass der Trubel der Großstadt nur wenige Fußminuten entfernt lag. Knut atmete durch und sammelte seine Gedanken.

Könne er dieser Frau wirklich erzählen, was in ihm vorging? Was, wenn sie ihn für verrückt erklärte und ihn, unter dem Vorwand des Schutzes der Allgemeinheit, in eine geschlossene Einrichtung einweisen lassen wollte? Er beruhigte sich selbst, in dem er sich auf seinem Smartphone durchlas, welche Umfänge die gesetzliche Schweigepflicht abdeckt. Seine Gedankenspirale drehte sich in alter Manier und mit großem Enthusiasmus weiter. Doch als er seinen Mut gebündelt hatte, blieb ihm nur eine Option – das Betätigen der Klingel. Dieser unkontrollierbaren Odyssee sollte endlich Einhalt geboten werden. Es war 15.29 Uhr, als Knut jenen Knopf drückte, der im Hausinneren für ein sonores Läuten sorgte.

„Hallo, hier ist Anna. Warten Sie, ich mache Ihnen auf.“

„Dankeschön.“

Die elektrische Türsicherung gab dem physischen Druck nach und Knut begab sich raschen Schrittes durch das Gartentor. Gut zehn Meter entfernt stand die Frau, die fortan als Therapeutin für ihn arbeiten und sein Leid mindern sollte. Mit brüchiger Stimme begrüßte er die junge Dame, die er nicht zum ersten Mal sah.

„Guten Tag, ich bin Knut.“

Nichts schien von dem eloquenten und offenen Außendienstmitarbeiter übrig geblieben zu sein, der noch vor vierzehn Jahren tagtäglich Kunden besuchte und mit ihnen über Gott, die Welt und sündhaft teure Uhren fachsimpelte.

„Freut mich, dass Sie gekommen sind. Mein Name ist Anna. Kommen Sie bitte gern mit in den Garten, ich habe Tee für uns gemacht."

Knut folgte ihr leisen Schrittes bis hinter das Haus, wo er einen quadratischen Holztisch mit zwei passenden, rotlackierten Stühlen vorfand. Eingedeckt war die zarte Tafel mit zwei feinen Porzellantassen, die mit handbemaltem Blumendekor aufwarteten. Auch die passende Zuckerdose und das Milchkännchen standen parat. In der Mitte des Tisches brannte, vielleicht etwas untypisch zu dieser Tageszeit, eine rote Kerze.

„Gedulden Sie sich bitte noch einen Moment, der Tee fehlt. Ich hoffe, Sie mögen Apfelminze?"

Knut nickte wohlwollend, ohne nachgedacht zu haben, was Anna gefragt hatte. Er wunderte sich vielmehr darüber, dass er sie bereits kannte. Der jungen Frau mit dem blonden Zopf war er gestern in der S-Bahn begegnet, als er sich frühmorgens auf dem Weg zur Arbeit befand. Er prüfte seine Erinnerung, in dem er die Situation zurückspulte. Vielleicht hatte er sich nur vertan und es lag eine Verwechslung vor. Als er tief in seinen Gedanken versunken war, kehrte Anna mit der dampfenden Teekanne zurück an den Tisch.

„Ich schenke uns gleich etwas Tee in die Tassen ein. Wenn Sie Milch und Zucker möchten, bedienen Sie sich gern."

Anna trug einen mausgrauen Wollpullover, verziert mit einem ovalen Anhänger aus Malachit. Gehalten wurde das Schmuckstück von einer dünnen Kette, die mit hoher Wahrscheinlichkeit aus Silber gefertigt worden war. Sie lächelte mild und festigte den Blickkontakt.

„Meinen Namen kennen Sie nun bereits. Ich bin 35 Jahre alt und lebe allein. Nein, stimmt gar nicht – mein Kater Franz ist zwar häufig draußen unterwegs, doch wenn er möchte, kann er gern zu mir ins Haus kommen. Im Winter macht er davon regelmäßiger Gebrauch als im Sommer."

Anna lachte herzlich und fuhr fort.

„Ich bin ausgebildete Heilpraktikerin für Psychotherapie und Hypnose. Ich sehe mich außerdem als neugierige Forscherin, die mehr über das Bewusste und Unbewusste in uns Menschen erfahren möchte. Aber ich will Sie nicht langweilen. Möchten Sie mir verraten, weshalb Sie heute hier sind und wir uns zum gemeinsamen Tee treffen?"

Knuts Anspannung löste sich etwas, denn Annas Worte klangen aus seiner Sicht stimmig und überzeugend. Er richtete sich auf und nippte an der Teetasse, um ein wenig Zeit zu gewinnen.

„Die Apfelminze ist sehr schmackhaft. Die kommt sicher nicht aus dem Supermarkt, so aromatisch wie sie riecht."

Knut versuchte, obwohl er wusste, dass das Thema nicht zu umschiffen war, mithilfe des lieblichen Heißgetränkes abzulenken.

„Ja, die Minze stammt aus meinem eigenen Garten. Und nun blüht sie gerade. Schauen Sie, dort hinten stehen die Pflanzen! Interessieren Sie sich für Kräuter und Gemüse aus eigenem Anbau?"

Knut antwortete prompt:

„Ja, in ihnen steckt viel mehr Leben, als in den Produkten, die im normalen Supermarkt platziert sind. Da macht es Sinn, die Dinge selbst anzupflanzen. Aber Sie fragten mich, warum ich heute hier bin: In regelmäßigen Abständen überkommen mich Angstattacken, die ich nicht mehr steuern kann. Entweder leide ich an Panik, beispielsweise durch Menschenansammlungen ausgelöst. Oder ich wache durchgeschwitzt auf, weil ich von quiekenden Schweinen träume, die um ihr Leben bangen. Ich möchte, dass sich etwas Grundlegendes ändert. Dass sich meine Lebensqualität erhöht. Ich hoffe, Sie können mir helfen.“

Anna erhielt ihre freundliche Miene aufrecht.

„Das klingt sehr unangenehm. Doch ich denke, dass wir eine gute und gemeinsame Lösung erarbeiten können. Viele meiner Klienten suchen mich mit Problemen auf, die Ihren Leiden sehr ähnlich sind. Ich möchte Ihnen gern einen Fragebogen mitgeben, den Sie bitte bis zu unserem nächsten Treffen ausfüllen. Vorrangig geht es mir um Ihre Träume. Bitte notieren Sie sich nach jeder Nacht, welchen Inhalt die Visionen in Ihrem Schlaf hatten. Ist das in Ordnung für Sie?“

Knut nickte und wirkte zunehmend entspannter.

„Kein Problem, das schaffe ich. Danke.“

Die beiden redeten angeregt, doch Anna vermied es, tiefgreifender auf Knuts Beschwerden einzugehen. Vielmehr lag ihr am Herzen, sich behutsam bekannt zu machen. Sie zeigte ihm den Garten und im Zuge dessen auch, wo sich neben der Apfelminze ein kleines Gewächshaus befand, in dem Anna Tomaten und Paprika verschiedener Sorten anbaute. Knut berichtete ihr, dass seine Großeltern ebenfalls eine grüne Parzelle besaßen, in der er als Kind mit großem Enthusiasmus spielte. Und dass sein Opa Werner vor vier Jahren infolge eines Krebsleidens gestorben war.

Als es 16.32 Uhr war, verabschiedete sich Knut höflich und wertschätzend von Anna. Die beiden vereinbarten einen neuen Termin, der in zwei Wochen stattfinden sollte. Knut würde bis dahin seine Träume beobachten und deren Inhalte notieren, so die Abmachung. Als er zu Fuß nach Hause ging, war Knut stolz auf sich selbst. Trotz aller Vorbehalte hatte er sich zu dem Treffen mit der Therapeutin durchgerungen. Nun musste er die nächsten Schritte bewältigen. Auf dass die Verbindung im Herbst reife Früchte tragen wird.

Wenn du träumst,

bist du in Welten unterwegs,

die zu dir gehören.

KAPITEL **ZWANZIG.**

Mit einer elektrischen Kettensäge und einem Hammer bestückt, stand Knut auf den weißen Fliesen, die von virtuos gezeichneten Blutpfützen überdeckt wurden. Ein grelles Licht flackerte alle zwei Sekunden auf, um die benötigte Konzentration des Mitarbeiters zu gewährleisten. Sirenenartiges Heulen zirkulierte durch den Raum, sodass selbst der knopfartige Gehörschutz wenig Nutzen zeigte. Das Zimmer war spartanisch und nüchtern eingerichtet. Drei scharf gewetzte Messer lagen auf einem kühlen Aluminiumtisch bereit, der linksseitig platziert stand. Es roch nach kaltem Atem und künstlichem Pfefferminzaroma. Vielleicht hatte ein Kollege zuvor Bonbons gelutscht, die mit jenem Geschmack hergestellt wurden.

Als sich das Rolltor vollautomatisch öffnete, war Knuts Gesicht von großen Schweißperlen bedeckt. Denn es bestand die Gefahr, dass ihn das Tier zuerst tötete, noch bevor er selbst die Initiative ergreifen konnte. Angespannt, aber wachsam musterte er den Eingangsbereich. Nach einigen Sekunden des fokussierten Wartens – und bedeutend früher als erwartet – trat das Tier unter wildem Quieken und mit ruckartiger Bewegungsfolge ein. Es blieb nicht mehr genug Zeit, um die Kettensäge zu starten. Intuitiv schnappte sich Knut das längste der drei Messer, nahm dieses in seine linke Hand und streckte die Klinge aufrecht in die Luft. Gepaart mit dem Hammer in der rechten Hand sah es so aus, als könne er gute Chancen haben, die Kampfarena als Sieger zu verlassen.

Knuts Gegner stand ihm im direkten Sichtfeld gegenüber, nachdem das Tier in der Mitte des Areals zum Stillstand gekommen war. Sofort erkannte er, dass es sich um Vincent handelte, der den Raum betreten hatte, um von Knut geschlachtet zu werden. Das angefressene und blutige linke Ohr des Tieres sichtete er blitzartig. Warum Vincent? Warum gerade dieses Schwein, welches er auf den Namen jenes Malers taufte, den er so sehr bewunderte? Jenem Künstler, dem er emotional besonders nahe stand und dessen *Sternennacht* sein Wohnzimmer verzauberte. Doch seine Gedankengänge gerieten ins Stocken. Gerd musste den Raum zur Notschlachtung unbemerkt betreten haben und schrie Knut mit energischem Tonfall an:

„Nun mach' das Vieh endlich platt, wir haben keine Zeit für Sentimentalitäten!"

Der Vorgesetzte schritt barsch ein, wenn die Arbeitsabläufe nach seiner Vorstellung zu langsam vollzogen wurden.

Knut zögerte nicht mehr, ging zwei ruckartige Schritte auf den ruhenden Vincent zu und schlug ihm mit dem Eisenhammer auf die Schädeldecke. Das Tier fiel zusammensackend zu Boden. Ein letztes Mal nahm er die schwindenden Emotionen in Vincents Augen wahr und verabschiedete sich sogleich innerlich von ihm. Anschließend schlitzte er dem Borstenvieh die Kehle durch und literweise Blut kroch entlang des gefliesten Raumes. Sein Weggefährte zuckte epileptisch weiter – bis die letzten Lebenssäfte entwichen waren.

„Und nun Aufhängen, aber flott!"

Gerd schrie weiter, schließlich musste das Vieh an zwei Haken zur Beförderungsschiene nach oben gezerrt werden. Doch dazu kam es

nicht mehr. Knut kollabierte und fiel unvermittelt auf den blutver-
schmierten Boden. Er lag nun direkt neben Vincent und vernahm
als letzten wahrnehmbaren Impuls, dass das Blut des Schweines
nach Lavendel roch.

Um 03.31 Uhr schoben sich seine Augenlider nach oben. Die Straße verharrte lautlos, denn es war mitten in der Nacht und die Menschen schliefen in großer Zahl. Der Sternenhimmel thronte unange-
fochten über der Stadt, nur leichte Windzüge raschelten an den Bü-
schen der gegenüberliegenden Grünfläche. Knut realisierte, dass er
geträumt haben musste, als er von seinem Wohnzimmerfenster hinaus zur Straße blickte. Kein Blut, kein Vincent und kein Tod – nur
eine schlafende Metropole, der hell leuchtende Mond und die zahllosen Gestirne am Himmel. Er ruhte äußerlich, doch sein Inneres
schien sich aufzulösen. Er verließ das Fenster und überprüfte, ob die
Sternennacht an ihrem gewohnten Wandplatz hing. Doch der Kunstdruck war verschwunden. An der Stelle, wo er das Bild zuvor drapiert hatte, war nun ein feiner Farbunterschied im Weißton zu be-
merken, der die Außenmaße des Rahmens widerspiegelte. Knut
griff zu seinem Smartphone und fertigte eine Aufnahme an, um si-
cherzugehen, dass er in der Realität angekommen war.

„Ich bin Knut. Einundvierzig Jahre alt und ledig. Ich bin mir sicher,
dass ich Vincent nicht getötet habe."

Er stoppte die Aufnahme und ließ seinen rechten Daumen über das
Handydisplay gleiten. Im Speicherordner angekommen, tippte er
auf die digitalisierte Datei, um diese abzuspielen.

„Ich bin ein Mörder, denn ich habe dieses Schwein freiwillig zur Notschlachtung überführt. Ich habe Blut an meinen Händen. Ich bin schuldig. Ich heiße Knut und bin einundvierzig Jahre alt."

Ein Krankenwagen raste mit hohem Tempo heran und zwei riesige Feuerwehrfahrzeuge folgten dem Trupp des Notarztes. Knut bemerkte die frühmorgendliche Geräuschkulisse. Er schreckte hoch, sprang von seinem Schlafsofa und ging eilig zum geöffneten Zimmerfenster. Auf der gegenüberliegenden Straßenseite war dunkler Rauch zu sehen, der sich im oberen Bereich des dreistöckigen Mehrfamilienhauses ausbreitete. Es musste sich um einen Brand handeln. Doch die Anwohner verließen bereits in großer Zahl und ruhigen Mutes den Wohnblock. Die Situation schien unter Kontrolle zu sein.

Knut eilte zurück zum Sofa, denn sein Smartphone lag auf dem kleinen Tisch, der sich neben der Couch befand. Er suchte und suchte, doch fand selbst nach minutenlanger Recherche keine Tonaufnahme, die mit dem passenden Datum versehen war.
Sichtlich verwirrt und innerlich entkräftet, ließ er sich in seinen schwarz-weiß karierten Sessel fallen. Es war 03.58 Uhr – noch zwei Minuten, bis der Wecker in gewohnter Manier klingelte.

Wachsen kannst du nur,

wenn du genügend Wasser

zur Verfügung hast.

KAPITEL **EINUNDZWANZIG.**

Als Knut an jenem Mittwoch um 10.33 Uhr die Zeiterfassung passierte und in die Pause schritt, war er heilfroh, die ersten viereinhalb Stunden des Arbeitstages überstanden zu haben. Ihn durchzog eine tiefe Lethargie, die vom höchsten Haupthaar bis zum untersten Nagel seines kleinen Zehs reichte. Selbst in der mikroskopisch kleinsten Zelle seines Körpers versteckte sich Vincent, ohne ihm minimale Ortungschancen einräumen zu wollen. Warum ereigneten sich diese beiden furchterregenden Träume, die ihm suggestive Moralideale in den Schlaf mischten, an deren Schärfe er so unverdaulich zu schlucken hatte?

Während Knut lustlos an seiner Banane kaute und mit totem Blick auf die weiße Wand des Abstellraumes starrte, gesellte sich Jochen zu ihm. Dieser hatte bereits über den Vormittag hinweg bemerkt, dass sein Kollege nur mit spärlicher Konzentration bei der Sache war und zudem geschafft wirkte.

„Ich wusste doch, dass ich dich hier finde. Was ist denn los, du wirkst mir heute nicht besonders munter, mein Freund?"

Knut arbeitete seit dreizehn Jahren mit Jochen zusammen. Sein Kollege, achtundvierzig und ledig, war für die Beschaffung von Hygieneartikeln zuständig, die einen sterilen Umgang mit dem Mastvieh gewährleisten sollten. Die beiden sahen sich als Verbündete des

Lichts in einer geistig umnachteten Fabrik, die ihrer Meinung nach ansonsten ausschließlich Dummköpfe beschäftigte.

„Weißt du, mir geht es tatsächlich nicht gut. Ich habe zwei seltsame Träume durchschlafen, die mir Unbehagen bereiten. Und das Kuriose ist, dass der zweite Traum gut verschachtelt im ersten stattfand. Die Grenze zwischen Wirklichkeit und Illusion löste sich komplett auf. Am Ende war ich ein Mörder, der eines unserer Schweine brutal abschlachtete."

Dass Knut so freimütig über seine inneren Befindlichkeiten erzählte, stellte – trotz der Tatsache, dass er Jochen wertschätzte und in Teilen vertraute – eine rare Begebenheit dar.

„Dass du das Schwein getötet hast, ist in gewisser Weise ein Erfolg. Schließlich hätte es auch dich erwischen können. Doch natürlich schwingt mit, dass du dich, bezogen auf dein Gegenüber, in dem Traum auf eine höhere Stufe gestellt hast. Und dich letztlich auf Kosten eines anderen Lebewesens bereichert hast. Aber tun wir das hier nicht alle – und das jeden Tag?"

Knut wirkte überrascht, dass Jochen seine Gefühlslage so präzise wiedergab, ohne wissen zu können, wie er die Erlebnisse der letzten Nacht selbst einschätzte. Dennoch gab er sich bedeckt.

„Das ist im Bereich des Möglichen, klar. Aber Fakt ist nur eines: Diese Träume machen mich krank und ich muss schauen, dass sich etwas Grundlegendes ändert. Meinen fünfzigsten Geburtstag wollte ich gern erleben."

Jochen bemerkte, dass sein Kollege sein Stück weit versuchte, auszuweichen.

„Knut, du solltest deinen Kopf ausmisten. Frag' Gerd bitte, ob du ein paar Tage frei bekommst. Und dann fährst du an die See, lässt dir den Wind um die Ohren fegen und spülst deinen Kopf mit Salzwasser frei. Ich halte hier die Stellung. Deinen Job nimmt dir garantiert niemand weg."

Jochen lachte laut, denn er wusste genau, dass keiner die Arbeit leisten konnte, die Knut tagtäglich ablieferte. Wer hätte in der Lage sein können, das ankommende Mastvieh derart präzise zu mustern, um kranke oder verletzte Tiere mit höchster Genauigkeit ausfindig zu machen. Und das in einer Schnelligkeit, die einer eigenen Kategorie entsprungen war.

„Das ist vielleicht eine gute Idee. Aber ob Gerd mitspielt, ist fraglich. Der Brüllaffe braucht doch Leute wie uns, an denen er sich tagtäglich abreagieren kann. Wo bleibt eigentlich sein cholerischer Anfall? Der steht heute noch aus."

Die beiden verbündeten Kollegen lachten herzlich und der erste echte Lichtblick des Tages überschritt die Horizontlinie.

„Vielleicht hat er heute die Evolutionsstufe zum Homo sapiens erklommen; ist doch halbwegs denkbar. Und mit natürlicher Selektion kennt er sich aus, so viele Konkurrenten, wie der die letzten Jahre vergrault hat. Aber wie dem auch sei: Unsere Pause ist fast vorbei – also frag' den Brüllaffen bitte, ob du eine Auszeit bekommst."

Knut nickte anerkennend, packte seine halbverzehrte Banane in eine verschließbare Plastiktüte und begab sich zielgerichtet zu seinem Vorgesetzten. Seine Ruhla-Armbanduhr zeigte 10.56 Uhr.

Gerd befand sich zu diesem Zeitpunkt im Kühlbereich der Notschlachtung und inspizierte die Thermostate hinsichtlich der korrekten Temperatur. Als er Knut kommen sah, musterte er die einfache Wanduhr mit weißem Zifferblatt, die den Raum pausenlos mit der aktuellen Tageszeit ausstattete.

„Knut, halten Sie heute eine Siesta ab, die sich bis zum Feierabend ausdehnt?"

Sachlich und freundlich bleibend, entgegnete ihm Knut:

„Gerd, ich möchte die vier ausstehenden Minuten meiner Pause nutzen, um Sie zu fragen, ob ich spontan eine Woche Urlaub nehmen kann? Ich fühle mich etwas schlapp, möchte mich aber nicht krankschreiben lassen."

Er wusste, wie sein Vorgesetzter tickte. Produktivität erhalten, unter allen Umständen – das war seine Devise. Wenn Knut seinen Urlaub anböte, statt sich krankzumelden, würde das die Effizienz der Fabrik bestmöglich gewährleisten.

„Bisschen müde und gleich faulenzen wollen! Aber meinetwegen. Legen Sie mir den Urlaubsantrag in mein Büro, dann können Sie ab morgen zu Hause bleiben. Nach einer Woche sind Sie aber wieder hier, denn die Schweine vermissen Ihre Gesellschaft."

„Danke, Gerd. Wird erledigt. Dann bis kommenden Donnerstag."

Knut war froh, dass das Gespräch reibungslos vonstatten gegangen war. Nach Feierabend füllte er den gewünschten Vordruck aus und legte das Dokument auf Gerds Schreibtisch. Er berichtete Jochen, der häufig in der Fabrik duschte und dadurch erst einige Minuten nach Schichtende das Gebäude verließ, auf dem Weg zur Drehtür, dass sein Urlaub genehmigt worden war. Sein Kollege wünschte ihm gute Besserung und eine läuternde Woche. Die beiden verabschiedeten sich am Außenzaun des Schlachthofs.

In seiner Wohnung angekommen, packte Knut passende Kleidung ein und wählte drei Bücher aus seinem Zimmerschrank aus, die ihm während seiner Reise Lesestoff bieten sollten. Er buchte ein Bahnticket für den kommenden Tag, schmierte sich zwei Butterbrote mit Leberwurst und verpackte diese umsichtig in Klarsichtfolie. Als der Tag endete, war nichts dem Zufall überlassen. Wasser – es folgte Wasser.

Finde jenen Helfer,

der dir die Größe

des gesamtes Kosmos

offenbart.

KAPITEL ZWEIUNDZWANZIG.

Die Zugfahrt verlief entspannter als erwartet. Nicht, dass es Knut auf einmal Vergnügen bereitete, sich mit Dutzenden Menschen einen Waggon zu teilen. Doch die Freude über die unerwartete Auszeit vom Schlachthof überwog und ihm gefiel der Gedanke, fortan eine Woche lang nichts zu müssen. Der Blick aus dem Fenster zeigte schier endlose Kiefernwälder, die plantagenartig angelegt waren. Minutenlang schaute Knut hinaus, ohne dass sich die Umgebung in ihren Grundeigenschaften veränderte. Er geriet in eine Art Trance und entledigte sich im gleichen Atemzug der sonst so übergriffigen Fantasien seiner Psyche. Er verabschiedete sich unterbewusst von der andauernden Gedankenaktivität, die ihm den Zutritt zu einem Gefühl von wahrer Stille verwehrte. Die kommenden Tage sollten Knut darin bestärken, dass es eine gute Entscheidung war, sich zu dem Treffen mit Anna, der einfühlenden Therapeutin, durchgerungen zu haben.

Als der Zug seine Destination nach zweimaligem Umsteigen erreichte, war es 14.25 Uhr. Das unter Denkmalschutz stehende und aus dem späten 19. Jahrhundert stammende Empfangsgebäude des Bahnhofes beeindruckte Knut mit seiner puristischen, aus rotem Backstein gefertigten Erscheinung. Er bemerkte, dass eine junge Frau orientierungslos wirkend nach einem Weg suchte, der zur Hauptstraße führte. Sie müsse der Großstadt direkt entflohen sein, so Knuts erster Gedanke. Mit hautenger Röhrenjeans, modernem Karohemd und echter Hornbrille gekleidet, nippte sie an ihrem wiederverwendbaren Kaffeebecher. Fast wollte Knut ihr seine Hilfe anbieten, als er vernahm, dass die junge Frau weiße Kopfhörer in ihren Ohrmuscheln trug, die ein Gespräch eindeutig erschwerten. Und so griff er sich seine Reisetasche, schnallte sich seinen Rucksack auf den Rücken und spazierte zur nahe gelegenen Bushaltestelle. Nach kurzer Wartezeit überquerte ein großes Gefährt die Ampelkreuzung und dessen Fahrer rangierte gekonnt in die Haltebegrenzung. Nach einundvierzig Minuten Busfahrt erreichte Knut die kleine Gemeinde jener Halbinselkette, auf der er die nächsten sieben Tage zubringen würde. Die dichte Wolkenfront ließ nur selten den Hochsommer durchblicken und so pendelte sich die Außentemperatur bei kühlen 16,2 Grad Celsius ein.

Erst am späten Nachmittag erreichte Knut das offene Meer. Zuvor hatte er seine Reisetasche im gemieteten Holzhäuschen abgestellt und sich anschließend in den, nur wenige Meter entfernten, Supermarkt begeben. Da mit der Unterkunft keine Verpflegung abgedeckt wurde, landeten ein halbes Weißbrot, ein Stück Butter und vier Scheiben Jagdwurst in seinem Einkaufswagen. Aufs Kassenband legte er zudem vier Flaschen stilles Mineralwasser und ein dunkles Kellerbier. In seinem Ferienhaus stand ein Kühlschrank zur Verfügung, so dass die aufgedruckte Mindesthaltbarkeit gewährleistet war. Er wechselte einige kurze Worte mit der Kassiererin und verließ das Geschäft eilig, um einen baldigen Blick auf die offene See erhaschen zu können. Die Lebensmittel waren zügig verstaut, sodass er sich ohne weiteren Zeitverlust auf den Weg machen konnte.

Knut überschritt die Bürgersteige des niedlichen Dorfes, das über viele Generationen hinweg von seinem hohen Handelsaufkommen profitiert und sich Ende des 19. Jahrhunderts als Künstlerkolonie

etabliert hatte. Die märchenhaften, mit Reet gedeckten Fischer-
häuschen mussten den Malern als Inspirationsquelle gedient haben,
derart schön und vollkommen mutete die Kulisse an – damals, wie
auch an jenem Donnerstag des späten Juli. Die Touristen waren
zahlreich, doch Knut versuchte diese rigoros auszublenden, denn er
folgte der Einladung zu einer Verabredung in intimer Zweisamkeit.
Das neutrale Nomen, das ihn erwartete, spülte ununterbrochen
Neues an den Küstenstrand – Gelebtes, Lebloses, Produziertes und
Missachtetes. Nichts hätte diesem Wesen der Natur das Wasser rei-
chen können, denn es bestand aus genau diesem. Das Meer trat in
Sichtweite. Als Knut die scheue Düne überquerte und den weichen
Wellenverlauf mit seinen spontanen Blicken musterte, war es 17.47
Uhr. Die Strandkörbe verteilten sich demokratisch auf dem Ufer-
sand und überließen getrockneten Algen, angespülten Muscheln
und dem bunten Menschentreiben die freien Teile des Areals.

Die Natur hätte wortlos zurückfordern können, was den Menschen
nicht gehörte, doch sie ließ ihre Gäste gewähren. Keine Ruhe vor
dem Sturm, sondern die Gewissheit, dass das Gute regiert. Knut
wanderte entlang des Küstenstreifens nach Nordosten, um das ruhige Plätzchen ausfindig zu machen, an dem seine Verabredung stattfinden sollte. Nach rund einem Kilometer verwandelten sich die Bilder: Moderne Ferienhäuser, Hotelkomplexe und Touristenbuden
waren gewichen und gaben den Blick auf das Ursprüngliche frei.
Nichts als feinporiger Sand, saftige Dünengräser und das unendliche
Blau, welches mit weißem Wellenschaum liebevoll angepinselt war.

Knut setzte sich im Schneidersitz auf ein kleines rundes Kissen, das
er vorab in seinem Rucksack verstaut und nun ausgepackt hatte. Er
atmete ein und aus und sondierte den diffus anmutenden Wolken-
himmel. Licht brach nur indirekt durch, sodass die bauschige Masse

zwar von zahlreichen Grautönen besiedelt war, dem Meer aber seine virtuose Farbvielfalt stahl. Die See wirkte sachlich und nüchtern. Vielleicht spiegelte sie dem Ufergast sein eigenes Seelenleben wider. Es war nicht die Stimmung für große Feste oder kühlende Bäder, sondern für das Innehalten und Reflektieren. Die Zeit schritt unnachahmlich voran, wie es niemand außer ihr tun konnte.

Knut wusste, dass der Sonnenuntergang nahte. Die Luft kühlte sich weiter ab und der Wind stellte seine letzten spürbaren Tänze ein. Und doch wartete er darauf, dass es dunkel werden würde. Er faltete seine Hände auf Bauchhöhe und schloss die Augen. Nichts war zu vernehmen, außer der sanften Wellenbrandung und einem Schiffshorn, das in einigen Hundert Metern Entfernung dumpf läutete. Knut rieb die Fingerkuppen seiner beiden Daumen aneinander und spürte ein feines Kitzeln, das von der Bewegung ausgelöst wurde. Gut, dass er morgen nicht zur Arbeit müsse – so sein spontanes Gefühl.

In jenem Moment und dem Fluss seiner Gedanken folgend, übermannte ihn ein stechender Schmerz auf Brusthöhe, der ihn zuerst zusammenzucken und anschließend verkrampfen ließ. In seinen Ohren machte sich zudem ein schrilles Quieken breit, das ihm den akustischen Zugang zur Außenwelt verwehrte. Er sackte zusammen und lag hingekauert im Strandsand. Eine Sturmmöwe überflog die Stelle in kreisrunden Bahnen, an der Knut eine beachtliche Zeit regungslos verbrachte. Als er wieder zu sich kam, zeigte seine Ruhla-Armbanduhr 23.11 Uhr. Die Nacht war vollkommen und der Strand frei von jeder Menschenseele. Knut taumelte leblos wirkend zur Promenade zurück, bewegte sich ferngesteuert zu seiner Unterkunft und legte sich schlafen, als der Mond es Leid war, sich hinter dem dichten Wolkenvorhang verstecken zu müssen.

Finden heißt nicht,

Einfaches zu schultern,

sondern die Schwere anzunehmen.

KAPITEL DREIUNDZWANZIG.

Das Weißbrot zerbröselte, während Knut versuchte, die harte Butter gleichmäßig auf der Schnitte zu verteilen. Sie fiel mehr oder minder auseinander und verlor ihre Form. Doch mit Jagdwurst belegt und anschließend zusammengeklappt, ließ sich das Frühstück mundgerecht verzehren. Nebenher durchforstete Knut die E-Mails, die in seinem digitalen Postfach auf Sichtung warteten. Eine Mitteilung weckte sein besonderes Interesse. Er klickte eine Nachricht an, die ihm sein Arbeitskollege Jochen in der vergangenen Nacht um 01.27 Uhr hatte zukommen lassen. Die Meldung besaß den folgenden Inhalt:

– „Hallo Knut. Wo auch immer du gelandet bist, finde dich im Dickicht gut zurecht!
Schlafen kann ich heute nicht – blöd, wenn ich weiß, dass ich um 05.00 Uhr aufstehen muss. Vielleicht fürchte ich mich davor, das Wachsein zu vergessen. Mit Recht – wenn ich mir vor Augen halte, was du so träumst! Ist aufwühlend, was wir den ganzen Tag auf Arbeit veranstalten. Heute gab es einen Vorfall: Ein Schwein, das selbst nach doppelter Gasbetäubung absolut nicht aufhören wollte, zu zittern, hat Gerd am Ende selbst erledigt. Das Quieken war unerträglich. Ich glaube dieses Märchen mit dem Muskelzucken langsam nicht mehr. Kann es diesen sanften Tod wirklich geben, den uns die Geschäftsleitung als absolute Wahrheit verkaufen möchte?

Meine Skepsis wächst jedenfalls. Ich frage mich ernsthaft, wie lange ich diese Hinrichtungen noch ertrage.

Mein Gefühl sagt mir übrigens, dass du genauso frustriert bist. Wir schlossen zwar nie Blutsbrüderschaft, aber in dreizehn gemeinsamen Arbeitsjahren verknoten sich automatisch ein paar Gedankengänge miteinander. Mein Freund, nicht ohne Grund hast du mir damals das Buch über die Briefwechsel der beiden Van-Gogh-Brüder empfohlen. Du erinnerst dich bestimmt auch an deine Bemerkung, die du damals machtest:

Jochen, dieser Mensch war besonders. Vincent wusste, dass er seiner Zeit visuell vorauseilte. Dennoch zweifelte er daran, dass seine Bilder mehr als ein Gemisch aus Farbe zutage fördern würden.

An dem Tag hast du mir auch gestanden, dass dich die Arbeit in der Fabrik nicht erfüllt. Dass es sinnlos sei, kranke Tiere auszusortieren, während das restliche Mastvieh weiter mit Antibiotika vollgestopft wird und anschließend als Wurst im Laden landet. Weißt du, du hattest recht. Es wird Zeit, dass sich der blöde Wind dreht.

Bin mittlerweile tatsächlich müde und versuche zu schlafen. Eine weiterhin gute Nacht wünscht Jochen." –

Es war das erste Mal, dass Jochen eine private E-Mail an Knut schickte. Bisher tauschten beide nur Fakten aus, die unmittelbar die Arbeit betrafen. Dass diese Nachricht an jenem Morgen über den Bildschirm wanderte, stellte ein absolutes Novum dar. Knut schaute auf seine Ruhla-Armbanduhr, um sich den Wochentag und die Zeit vergegenwärtigen zu lassen: Freitag um 09.49 Uhr. Obwohl sein Laptop offen stand und die gewünschten Informationen in der oberen Menüleiste eingeblendet wurden, glich er die Daten mit seinem analogen Zeitmesser ab. Er überließ nichts dem Zufall und sichtete abschließend sein Smartphone, um garantieren zu können, dass er wach war und sich in keiner Traumspirale befand.

Zu sehr zerrten die vergangenen Monate an ihm und im Nachhall derer, traute er seinem eigenen Verstand nicht mehr über den Weg. Ganz gleich, welche Uhrzeit ein Gerät anzeigen würde, er könne sich weder auf konstante Elektroimpulse, noch auf die Gesetze der Mechanik vollumfänglich verlassen. Warum ihm die Zeit häufig im Weg stand, ließ sich zu diesem Zeitpunkt nicht klären. Dass sie hingegen von eminenter Wichtigkeit für ihn war, konnte zweifelsfrei festgestellt werden.

Als Knut die Außentür seines schnuckeligen Ferienhauses öffnete, labten sich die Sonnenstrahlen im Flurbereich der Unterkunft. Seine Augen wurden für einen Moment lang blind, so grell und direkt fiel das Licht vom Julihimmel. Nachdem er die volle Funktion seiner visuellen Sinnesorgane zurückerlangt hatte, ging er zwei Schritte nach draußen und schulterte seinen Rucksack. Anschließend drehte er den Türzylinder doppelt im Uhrzeigersinn, um ein akkurat verriegeltes Schloss hinterlassen zu können.

Seine Unterkunft befand sich etwas außerhalb des in den letzten Jahren vom Tourismus überschwemmten Fischerdorfes, das seine Fühler entlang einer schmalen Landzunge in nordwestliche und südöstliche Richtung ausstreckte. Zur einen Seite lag die Gemeinde an einer nacheiszeitlich überfluteten Landschaft, zur anderen Ausrichtung am offenen Meerbusen. Ein wahres Paradies – nicht nur für brütende und vom Aussterben bedrohte Vogelarten, sondern auch für Menschen, die dringende Erholung suchten. Sie spürten einer Ruhe nach, die sie vor übergriffigen Vorgesetzten schützte und ihnen Distanz zum rastlosen Funktionieren in einer sich enthumanisierenden Zeit verschaffte. Zumindest für einen Augenblick.

Knut wirkte körperlich und mental geschafft, als er sich bei gemäßigtem Wind und kühler Morgenfrische auf den Wanderweg begab, der sich durch den urigen Kiefernwald schlängelte und parallel zum Strandabschnitt verlief. Eine dichte Urwüchsigkeit umschloss den Pfad und die Szenerie mutete derart märchenhaft an, dass es sich um einen Drehort für einen Fantasyfilm gehandelt haben könnte. Üppig drapierte Grasbüschel, eifrig surrende Käfer und Pilzkulturen in den buntesten Farben. Gepaart mit einer Klangkulisse, die sich aus vielfältigem Vogelgezwitscher, den weittragenden Rufen einer Möwenkolonie und der auftreffenden Wellenbrandung bildete.

Knut stoppte, als er ein eurasisches Eichhörnchen entdeckte, das sich senkrecht entlang eines Baumstamms nach oben bewegte. Das Tier hielt inne, als es bemerkte, dass sich menschlicher Besuch angekündigt hatte. Es drehte seinen Kopf um einige Grad Neigung in Knuts Richtung. Die beiden tauschten starre Blicke aus und keiner von ihnen gab der Idee nach, auf dem eigenen Weg voranschreiten zu wollen.

Eine magische und stille Atmosphäre umhüllte den Waldabschnitt, der nur dreihundert Meter von der offenen See entfernt lag. Einzig der Wind stand über den Dingen und gab weiterhin den Ton an – er diente Mensch und Tier als Souffleur, der die beiden daran erinnern sollte, dass deren Schauspiel ins Stocken geraten war. Aber vielleicht lag in jener Szene kein Stillstand begraben und es handelte sich vielmehr um den Auftritt jener Einheit, die aus gegenseitiger Verwandlung und feinem Einfühlungsvermögen erwuchs. Ein Zucken ließ das linke Ohr des Eichhörnchens vibrieren und sogleich verschwand das Tier im Labyrinth der Äste. Was würde Knut bleiben, außer dem raschelnden Geräusch der Kiefernzweige?

Der Nachmittag verlief ruhig und Knut nutzte das niederschlags-
freie Wetter, um unterhalb der Düne in eines seiner Bücher versin-
ken zu können, das er in weiser Voraussicht in den Rucksack gepackt hatte. Es handelte sich um eine Schrift, in der ausgewählte
Briefwechsel zwischen Vincent van Gogh und seinem Bruder Theo
abgedruckt waren. Dass ihn sein Arbeitskollege Jochen in der nächtlichen E-Mail auf exakt diesen Band ansprach, irritierte Knut sehr.
Schließlich nannte er über zweihundert Bücher sein Eigen, aus denen er lediglich drei für seine Reise ausgewählt hatte. Doch es musste sich um einen Zufall handeln, so Knuts redliche Einschätzung.

Als er seine Unterkunft erreichte, war es 16.31 Uhr. Er klappte den
Laptop auf und las erneut die Nachricht, die ihm Jochen in der vor-
angegangenen Nacht zukommen ließ. Alles deutete darauf hin, dass
sie tatsächlich von seinem Arbeitskollegen stammte. Durch die wort-
kargen Schriftwechsel der vergangenen Jahre kannte Knut die E-
Mail-Adresse seines Verbündeten. Doch vielleicht hatte jemand sein
Kundenkonto geknackt und könnte nun all denen eine inszenierte
Digitalpost zusenden, die in Jochens Kontaktliste eingepflegt sind.
Aber mit welchem tieferen Sinn? Mysteriös erschien ihm besonders
die Anspielung samt dem Hinweis, dass sich Knut im Dickicht gut
zurechtfinden solle. Er hatte niemandem berichtet, wohin er fahren
würde. Doch vielleicht landete er aus einem Zufall heraus in jenem
Waldabschnitt, der der digitalen Prophezeiung visuell entsprach.

Knut starrte auf den Bildschirm und ließ seinen Blick keinen Millimeter schweifen. Er fühlte sich hilflos und ohnmächtig – getrieben
in einem Chaos aus abstrakter Wahnvorstellung und fett gefütter-
tem Misstrauen. Alles blieb, nichts bewegte sich.

Das bloße Rennen

bringt dir nichts,

solange du keinen Kompass besitzt.

KAPITEL VIERUNDZWANZIG.

Am Samstagmorgen versuchte Knut eine Antwort auf Jochens E-Mail zu formulieren. Es fiel ihm schwer, die passenden Worte zu finden, ohne dabei sein gesamtes Inneres nach außen kehren zu müssen. Er schrieb zwei oder drei Sätze und korrigierte diese anschließend. Oder er löschte den Abschnitt komplett. Seine Konzentration näherte sich dem Nullpunkt, denn er hatte im Zuge der Nacht nur wenig Schlaf gefunden. Knut kämpfte mit den Sätzen, so als befände er sich in einer ausverkauften Stierkampfarena, in der er versuchte, als Torero den zornigen Bullen zu bändigen, um seinen eigenen Verbleib rechtfertigen zu können. Doch die andalusische Hitze machte einen großen Bogen um sein kleines Ferienhaus, das sich, in Bezug auf die südspanische Region betrachtet, nordöstlich und in über 2500 Kilometer Luftlinie Entfernung befand. Diese Tatsache trübte sein Gemüt zusätzlich. Er haderte also nicht nur mit den Worten, sondern auch mit dem kühlen Wetter, das die Halbinsel an jenen Julitagen in eine frühherbstliche Stimmung tauchte.

Als Knut seine Übergangsjacke passgenau am Körper fixiert hatte, zeigte seine Ruhla-Armbanduhr 11.27 Uhr. An der frischen Seeluft angekommen, musterte er alles Natürliche, das seine Retina erreichte und in Nervenimpulse umwandelte. Auf einer nahe gelegenen Wiese reckten sich die Gänseblümchen auf, die trotz des grauen Einerlei ihre Tagesration Licht in Empfang nahmen. Knut erinnerte sich an den Moment, als er vor sechs Tagen nahe dem Rollfeld verweilte, um die Flugzeuge in ihrer Startphase beobachten zu können.

Es war das erste Mal, dass er an jenem Tag den Herzschlag der Erde vernehmen konnte – nicht physisch und infolge der Eruptionen des Flugbetriebes, sondern vor allem gestützt durch das Gefühl, mit diesem, unseren, Planeten verbunden zu sein. Knut begab sich zu der Grasfläche und nutzte die Zeit, um die weiß-gelben Korbblütler genauestens zu inspizieren. Er wusste, dass sie wache Stehaufmännchen sind, die über den gesamten Sommer hinweg unentwegt neue Blütenköpfe bilden. Ganz gleich, ob ein Rasenmäher kreuzt oder sie die Menschen mit Füßen treten. Und für die Kelten wohnten in ihnen magische Kräfte inne, die das Volk mit Glück und Verstand versorgten. Mit seinem rechten Zeigefinger berührte er sanft eines der Gänseblümchen und bekam prompt eine Reaktion auf seinen Kontaktversuch. Die Pflanze zuckte leicht zurück, als sie die Berührung vernahm, begab sich aber innerhalb von Sekundenbruchteilen zurück in ihre Ausgangsposition. Ob der menschlichen Bewegung ein Luftzug folgte oder ob die Himmelsblume vom kräftigen Seewind bewegt wurde, ließ sich nicht beurteilen. Dennoch erfüllte Knut eine innere Zufriedenheit, die gerade in ihm aufstieg. Er stand im Kontakt mit der Außenwelt. Ein hohes und vor allem seltenes Gut, zumindest aus Knuts Blickwinkel betrachtet.

Er begab sich zurück an den Schreibtisch, auf dessen Eichenplatte sein Laptop mittig ausgerichtet lag. Er wusste nun, was er Jochen als Antwort auf seine E-Mail aus der vorletzten Nacht antworten würde. Eifrig und nahezu euphorisch tippte er den Text nieder, den er seinem Arbeitskollegen wenig später zusandte. Die Buchstaben wirbelten virtuos und sich fügend über den Bildschirm und ließen den folgenden Inhalt entstehen:

– „Lieber Jochen! Es benötigte etwas Zeit, bis ich mich in der Lage sah, dir diese Zeilen übersenden zu können. Die bisherigen drei Tage waren für mich nicht leicht, denn es fühlte sich so an, als wäre ich nicht angekommen – weder körperlich, noch mental. Dazu trägt mit Sicherheit bei, dass wir auf der Arbeit diesem tagtäglichen Gemetzel beiwohnen und ich unter Umständen eine gewisse Distanz brauche, um mich davon abgrenzen zu können. Doch die Puzzleteile fügen sich langsam zusammen und mit etwas Glück kann ich das Bilderrätsel bald lüften, das mich seit vielen Jahren beschäftigt und begleitet. Van Gogh malte nicht grundlos ununterbrochen Szenen der Natur, um in deren allgegenwärtiger Ruhe seinen Frieden zu finden. Die Gänseblümchen, mit denen ich heute Kontakt aufgenommen habe, öffneten mir dahingehend die Augen. Ich kann das Dickicht nun besser überblicken, zumindest aus meinem Sichtfeld heraus betrachtet. Und vielleicht ist es an der Zeit, meinen Horizont zu erweitern und gewohnte Perspektiven neu wahrzunehmen.

Vor über einhundertzwanzig Jahren siedelte sich hier im Ort eine Künstlerkolonie an, die die einzigartige Landschaft der Halbinselkette derart anziehend fand, dass sie sich für viele Jahre in genau diesem Fischerdorf niederließ. In der Gemeinde befindet sich ein kleines Kunstmuseum, das die Werke der Maler ausstellt. Dieses werde ich morgen besuchen. Schaden wird es nicht, in deren Welten und Blickwinkel einzutauchen. Apropos tauchen: Wasser und Luft sind zu kalt für mich und das Baden blieb bisher aus. Aber was nicht ist, kann sich noch ergeben.

Jochen, etwas irritiert war ich schon darüber, dass du mir deine E-Mail geschickt hast. Ich frage mich voller Neugierde, warum du auf mich zugekommen bist? Und vielleicht magst du mir verraten, woher du wusstest, dass mich hier ein Dickicht erwarten wird, in dem ich mich gut zurechtfinden soll?

Windige und zeitgleich frische Grüße übersendet dir Knut" –

Knut schilderte Jochen die vorangegangenen Erlebnisse mit einer Offenheit, die er über viele Jahre hinweg abgeschottet und verriegelt hatte. Sein Arbeitskollege musste mit seiner Eigeninitiative und der E-Mail eine Welle angestoßen haben, die längst verdorrte Felder mit neuem Leben überschwemmte.

Er schnappte sich seinen Rucksack und rannte wie der siebenjährige Knut von damals los, ohne ansatzweise zu erahnen, wo er landen würde. Die Menschen, die sich zum Kaffeetrinken im Dorfkern trafen oder auf Bürgersteigen zur Promenade wanderten, schauten etwas verwundert, als sie den Mann mit einundvierzig Jahren euphorisch an ihnen vorbei sprinten sahen. Doch das war Knut egal, denn nichts würde ihn aufhalten – weder ominöse Blicke von Fremden, noch seine in die Jahre gekommene Kondition.

Nach rund sieben Minuten Dauerlauf stoppte er plötzlich abrupt. Er hatte in dem überbordenden Gefühl von Glückseligkeit vergessen, die Außentür seines Ferienhauses abzuschließen. Sein Kopfkino startete, ohne dass Knut den Film selbst auswählen konnte, der blitzartig vor seinem inneren Auge ablief. Er malte sich aus, wie jemand Fremdes seinen Laptop entwendet und ihm damit sein halbes Leben stiehlt, das sich in Form von alten Fotos, eigen verfassten Kurzgeschichten und Vergangenem auf dem Gerät befand. Diese Vorstellung presste ihn auf den nackten Boden der Tatsachen. Knut verlor sich – im Dickicht der Angst und in der Brandung seiner Vergangenheit.

Mit letztem Atem und ausgeschöpfter Leistungsfähigkeit, erreichte er die gemietete Ferienwohnung. Als er an der Vorderseite des Hauses ankam, traute er seinen Augen nicht. Die Außentür war korrekt angezogen und doppelt verriegelt. Der spontane Enthusiasmus hatte ihn nicht daran gehindert, die Tür und damit sogleich sein Hab und Gut abzusichern. Doch dies geschah unterbewusst, so dass Knut nicht bemerkte, dass trotz seiner Schnelligkeit alles seine Richtigkeit erfuhr. Niedergeschlagen und innerlich aufgewühlt, legte er sich auf das schmale Bett, das sich in seiner Unterkunft befand.

Als er um 18.41 Uhr einschlief, durchbrach die Sonne das dichtmaschige Wolkennetz, das über den kompletten Samstag hinweg den Himmel dominiert hatte. Ein Hauch von warmer Sommerluft erfasste Knuts Wangen, als dieser tief und fest ruhte. Er hatte – ebenfalls unterbewusst und intuitiv – das Fenster geöffnet, das sich in unmittelbarer Nähe zu seinem Schlafplatz befand. Ein neuer Abschnitt stand bevor, der mit sommerlichem Wetter aufwarten wird – anders als jene zurückliegenden drei Tage, die von steter Kühle und den endlosen Grautönen geprägt waren.

Schau besonders genau hin,

wenn du denkst,

dass du alles gesehen hast.

KAPITEL FÜNFUNDZWANZIG.

In jedem Tiefdruckgebiet ist das nächste Hoch bereits angelegt. Die kältere und schwerere Luft auf der Rückseite des Tiefs sinkt ab und eröffnet den Weg zu einer milden und trockenen Wetterperiode. Die Sonne blickt frei auf die Landschaft und nichts erinnert mehr daran, dass das Himmelsgeschehen vorab von wankenden Wolkenfronten bestimmt wurde. Die wärmedurchflutete Luftmasse erreicht den Boden und haucht den Menschen, der Tierwelt und der Flora ihren wohligen Sommeratem ein. Über das Dasein aller Lebewesen richtet die Bewegung, niemals der Stillstand.

Als Knut erwachte, dienten die feinen Sommersprossen in seinem Gesicht dem gut ausgeleuchteten Kontrast. Sein linkes Augenlid öffnete sich und nach kurzer Besinnung folgte das rechte ebenfalls. Die Sonnenstrahlen erwärmten seine Stirn. Sein Körper lag hingegen im toten Winkel der Bettdecke versteckt und regte sich nicht. Er spürte in sich hinein und musterte seinen Atem. Ein und wieder aus. Er spannte seine beiden Waden zeitgleich an und ließ sie wenig später locker auf die Matratze fallen. Seine großen Zehen bewegte er abwechselnd auf und ab und wurde sich seiner körperlichen Anwesenheit zunehmend bewusster. Nichts und niemand machte ihm Angst. Es wirkte so, als hätten die Wellen seiner Vergangenheit sich der Windstille kampflos ergeben. Selbst das Dickicht war verschwunden, ohne auch nur einen Ast der Verwirrung zurückgelassen zu haben. Alles ergab einen Sinn – nur welche Bedeutung dieser hatte und welchem Weg er folgte, blieb weiter offen. Nachdem sich Knut physisch aufgerafft hatte, stand er sonnengetränkt im Fenster. Einige Momente ließ er verstreichen, um den sich öffnenden Zeitkorridor zu nutzen und darüber nachzudenken, warum ihn die Ereignisse des letzten Tages ereilten und regelrecht übermannten. Im gleißenden Licht sinnierte er über Schicksal und Zufall, über Glück und Unglück. Darüber, dass ihn sein Alltag gefangen hielt und er als Getriebener agierte, anstatt auf seine eigenen Wünsche und Ideen Rücksicht zu nehmen. Er erinnerte sich an seinen verstorbenen Großvater Werner, der ihm stets als geduldiger Fürsprecher und wissensdurstiger Visionär zur Seite stand. Dass er Werner seine letzte Ehre verwehrte und kein Gast seiner Beerdigung war, erschien ihm aus gegenwärtiger Sicht absurd und feige. Er hatte sich der Panik ergeben – aus der Angst gespeist, diesen schweren Tag nicht lebend überstehen zu können und im Strudel der Blicke unterzugehen. Knut gestand sich in diesem Moment ein, dass es ein großer Fehler war, sich nicht aufrichtig von seinem Opa verabschiedet zu haben.

Nichts erinnerte beim Anblick des türkis-schimmernden Meeres an die wolkenverhangenen drei Tage, die diesem warmen Sonntag im Juli vorausgingen. Über der Wasseroberfläche inszenierten einige Sturmmöwen spannende Festspiele und die Kinder am Strand errichteten die mächtigsten Städte seit dem Untergang des altertümlichen Babylon. Als Knut die offene und belebte See erreichte, drang etwas Tränenflüssigkeit auf seine linke Augenoberfläche. Wahrscheinlich ausgelöst durch den leichten Wind, der durch die hohen Gräser pfiff. Er bewegte sich ruhigen Schrittes über die Holztreppe, die eine Düne überbrückte und den Wall vor Schäden schützen sollte. Als er mit seinen Füßen den wohligen Sandboden berührte, vergaß er die Zeit und alles, was mit der gemessenen Einheit einherging. Die Uhr seines Großvaters Werner würde ihn nicht mehr als treibender Taktgeber durch den Alltag hetzen. Sie sollte Knut fortan als zeitlose Erinnerung an jenen liebevollen Mann dienen, den er tagtäglich sehr vermisste.

Als Knut das Kunstmuseum am frühen Nachmittag erreichte, stellte er fest, dass dieses von Mittwoch bis Freitag geöffnet hatte. An jenem hochsommerlichen Sonntag wurde ihm kein Einlass gewährt. Er reagierte gelassen und nahm sich fest vor, die Ausstellung an seinem letzten Tag besichtigen zu wollen. Erst am Donnerstag musste er wieder bei der Arbeit erscheinen. In der Wochenmitte bliebe also genügend Zeit, um tief in die Gedankenwelt der Maler einzutauschen, die dieses schöne Fleckchen Erde vor weit über einhundert Jahren für sich entdeckten.

Knut ließ sich in einem Café nieder, das unweit des Museums mit frisch gebackenem Pflaumenkuchen aufwartete. Er verzehrte das saftige Stück genüsslich und trank dazu einen Milchkaffee, den er mit braunem Rohzucker süßte. Keine Spur von der inneren Anspannung, die ihn mit endloser Präzision geißelte, sobald Menschen seinen direkten Umkreis betraten. Er wunderte sich selbst darüber, dass ihm die anderen Gäste keine Angst bereiteten und er nicht – wie gewohnt – in Panik verfiel.

Der Nachmittag hielt die Sonne im Zenit und einige Blaumeisen schmusten auf den Ästen der nahen Birke. Knut bemerkte, dass ihn drei der Vögel direkt ansahen und Blickkontakt mit ihm aufbauten. Er schaute verwegen zurück und anschließend ergab sich ein Gespräch ohne Worte. Was er mit den Meisen besprach, lässt sich nicht berichten. Wahrscheinlich ist aber, dass ein herzlicher Austausch stattfand, der auf beiden Seiten einen bleibenden Eindruck hinterließ. Als Knut bezahlte und sich freundlich von der Bedienung verabschiedete, wirkte er wie ausgewechselt. Ein Hoch übernahm die Führung.

Mit jedem Schritt

wirst du leichter.

Und irgendwann bist du

endlich nackt.

KAPITEL SECHSUNDZWANZIG.

Gut zwanzig Kilometer Fußmarsch lagen vor Knut und seinen braunen Wanderschuhen, die aus winddichtem und wasserfestem Material gefertigt waren. Doch diese Eigenschaften waren für jenen sommerlich warmen Tag im späten Juli von keinem besonderen Interesse. Stehende Luftmassen über dem Haff mischten sich mit der frischen Seebrise und so bildete sich eine Außentemperatur, die nahe dem Optimum agierte und sich für eine lange Wanderung empfahl.

Knut schlenderte entlang der ihm mittlerweile bekannten Bürgersteige und seinen Gesichtszug formte ein feines Lächeln. Er erfreute sich an der Schönheit dieses wegweisenden Montags. Die mit Rohr gedeckten Dächer der alten Fischerhäuser glänzten im Sonnenschein und die aufwendig bemalten Außentüren der Gemäuer offerierten ihre schönsten Farben. Die weißen Fensterrahmen komplettierten ein Gesamtkunstwerk, das mit der reinen Formulierung von Sätzen nicht ausreichend gewürdigt werden kann. Und doch gebührt den Erbauern dieser denkmalgeschützten Kleinodien der größte Respekt.

Das Dorf verschwand hinter Knuts Rücken und sogleich tat sich ein schmaler Wanderpfad hervor, der ihn die nächsten Stunden begleiten sollte. Der Weg zeigte tief in den Wald hinein, der in seiner mächtigen Ausprägung von den Ursprüngen des Kosmos erzählte. Die Kiefern bewegten sich nur leicht und einzig der luftige Seewind war imstande, den hohen Bäumen ein sanftes Kopfnicken abzugewinnen. Und doch erteilten jene Wesen demjenigen Zuspruch, der aufrichtigen Kontakt zu ihnen suchte und die versteckte Aufmunterung zu deuten wusste. Knut setzte aufmerksam ein Bein vor das andere und nahm gewissenhaft wahr, von welcher Magie dieser Lebensraum ausgefüllt wurde.

In jedem Winkel war ein feines Surren und Brummen zu vernehmen und das Gezwitscher der heimischen Vogelarten fügte sich nahtlos in die vollkommene Klangkulisse ein. Die Moose betteten jedes kleine Getier, das sich zu verstecken versuchte und im geschützten Raum seine freie Entfaltung vorantrieb. Unzählige Lebewesen säumten den Weg und Knut achtete behutsam darauf, dass kein Tier zu Schaden kam. Nach rund vier Kilometern fand er einen Ort, der nicht zu der Welt passte, in die er hineingeboren wurde. Unerreichte Ruhe und tiefe Geborgenheit umströmten seinen Körper und Geist, als Knut jenen Urwald erreichte, der ihn innig umarmte und tief berührte. Ihn erfüllte eine Lebendigkeit, die er seit Jahren nicht mehr wahrgenommen hatte und deren Kraft ihn dazu animierte, seine beiden Arme weit ausgestreckt gen Himmel zu richten. Knut schloss seine Augen und empfing sogleich eine Energie, die sich mit Worten nicht authentisch beschreiben lässt.

In sechsundachtzig Metern Entfernung beobachte ihn eine Rotfüchsin mit wachem Blick. Das Tier saß aufrecht auf einem Maulwurfshügel und wurde inmitten des Schattenspiels durch gebrochenes Sonnenlicht ausgeleuchtet. Die Fähe überblickte jeden Winkel des Areals und vernahm selbst die feinsten Bewegungen, die der menschliche Körper vollzog. Als Knut sich blitzartig seiner Kleidung entledigte und diese wahllos auf dem Waldboden verteilte, bewegte sich die rötlich schimmernde Wildhunddame keinen Millimeter. Knut tastete seinen gesamten Körper vollumfänglich ab und setzte einen animalischen Ruf aus, der bis zum parallel verlaufenden Strandabschnitt zu hören war. Das Fuchsweibchen verharrte weiterhin positionsgetreu an ihrem Ort. Doch wenige Sekunden später bellte das Tier ihn mit vier kräftigen und schrillen Rufen derart eindringlich an, dass Knut in jenem Augenblick sichtlich irritiert wirkte. Er wandte seinen Kopf zur rechten Seite und sah die Fähe zugleich auf dem Maulwurfshügel thronen. Die beiden tauschten emotionale Blicke aus und näherten sich einander durch gegenseitiges Mitgefühl derart an, dass sie als untrennbare Einheit erschienen. Nachfolgend versackten noch einige Sekunden im Waldboden, bis die Rotfüchsin im Unterholz verschwand und Knut völlig nackt, und doch befreit von allem Unnatürlichen, allein zurückließ.

Knut sammelte seine Kleidung ein und begab sich, abweichend von seiner eigentlichen Wanderroute, in Richtung offenes Meer. Mit sanftem Gang, schritt er Meter für Meter durch das urige Dickicht und achtete sensibel darauf, die Flora und Fauna nicht in Mitleidenschaft zu ziehen. Als er nach etwa einem halben Kilometer die wilde Düne erreichte, sprang sein Herz im Galopp. Der menschenleere Strandabschnitt wurde nur von einigen windflüchtigen Kiefern beobachtet und so nahm Knut die aufrichtige Einladung der Natur an, mit entblößtem Körper ins kühle Nass einzutauchen. Als sein Kopf unter der Wasseroberfläche verschwand, war nichts mehr von jenem Menschen zu sehen, der sich vor vier Tagen auf eine ziellose Reise begeben hatte. Vielmehr wusch das salzige Meerwasser alles von Knut ab, das ihn in der Vergangenheit beschwert hatte.

Am späten Abend dieses eindringlichen Montags las Knut die Antwort von seinem Arbeitskollegen Jochen, die ihn im Tagesverlauf via E-Mail erreicht hatte. Mit hoher Konzentration vernahm er die folgenden Sätze:

– „Hallo Knut! Ich bin mir sicher, dass dich das Kunstvolle der Gegend beruhigen wird. Lass den neuen Impressionen ihren Spielraum und sie werden dir etwas nachhaltig Schönes schenken. Auf deine Frage, warum ich auf dich zugekommen bin, gibt es eine einfache Antwort: Wir sitzen im selben beschissenen Boot. Und ich dachte, dass es an der Zeit wäre, mal kräftig zu paddeln, um in baldiger Zukunft saftiges Land zu erreichen. Ich bin mir sicher, dass du im Zuge deiner Auszeit dafür genügend Kraft sammeln kannst. Und nun zu dem Dickicht. Wie du weißt, lässt sich das Wort als Beschreibung für ein undurchdringliches Konstrukt verwenden. Immer dann, wenn ich dich bei deiner Arbeit beobachtete, hatte ich den Eindruck, du befändest dich in einer anderen Welt. Weit entfernt von jener Wirklichkeit, die sich vor deinen Augen vollzieht, während du die Schweine selektierst. Dein Wesen durchzieht etwas Unnahbares und Unübersichtliches. Deshalb wünschte ich dir in meiner E-Mail, dass du dich in deinem geistigen Dickicht zurechtfinden mögest. Ich hoffe sehr, dass dir die Entwirrung zunehmend gelingt und du neue Einblicke gewinnen kannst. Wir sehen uns am Donnerstag in alter Frische. Jochen." –

An einem gefüllten Wasserglas nippend, ließ Knut die Worte seines Arbeitskollegen und Weggefährten Revue passieren. Jochens Gedankengänge passten deckungsgleich zur aktuellen Situation und schilderten in kurzen Sätzen, welche Kehrtwende Knut mit dem

Verstreichen der letzten Tage vollzog. Und dass sein Verbündeter erahnte, von welcher Zerrissenheit er geplagt war, zeigte ihm umso eindringlicher, dass dieses Leben mehr bot, als in der Angst verharrend die Sanduhr herunterlaufen zu lassen.

Finde die Tage,

an denen du verstehst,

woher du kommst.

KAPITEL SIEBENUNDZWANZIG.

– „Wir Menschen sind ein Teil unserer Natur. Gewaltsam und zerstörerisch zu agieren, bedeutet, unser eigenes Dasein zu eliminieren. Es gibt nichts, was verleumdet oder totgeschwiegen werden muss. Vielmehr zählt die Rückbesinnung auf das Ursprüngliche. Im Fokus steht ein Zurückversetzen in das Primäre, ins Dagewesene, ins Grundmanifestierte. Auf der Suche nach dem, welches uns werden ließ, wer wir heute sind. Oft glauben wir, alles sei kontrollierbar und bis zur maximalen Effektivität steigerungsfähig – ein lebensfeindlicher Trugschluss, wie die Warnschüsse zeigen, die links- und rechtsseitig von uns einschlagen. Die Regeln des Kosmos lassen sich nicht umformulieren, auslöschen oder deaktivieren. Sie richten darüber, ob wir unsere Daseinsberechtigung auf diesem Planeten verlängern oder ruhmlos abtreten.
Wer sind wir, dass wir das Stehlen von zahllosem Leben als Erfolg feiern und überall dort den Tod säen, wo es nach unserer Einschätzung eine reiche Beute zu ernten gibt?
Ein gesunder Kreislauf lässt sich erschaffen, wenn unser Handeln fortan von wacher Selbstreflexion, aufrichtiger Achtsamkeit und dem unbedingten Willen zur Schaffung einer intakten Gesellschaft gedüngt ist. Unsere Welt ist klein und mikrokosmisch – das Große wird nur zu ergründen sein, wenn wir anfangen, das kleinste aller Puzzleteile an die richtige Stelle zu legen. Uns selbst." –

An jenem Dienstagmittag saß Knut bedächtig an seinem Schreibtisch, nachdem er die vorangegangen Worte zu Papier gebracht hatte. Es wirkte, als hielte er uns einen maßgeschneiderten Spiegel vor unser Gesicht. Aber er reflektierte nicht nur unser gemeinschaftliches Handeln, sondern im besonderen Maße sein eigenes Tun.

Doch sein Gedankengang wurde vom leuchtenden Bildschirm seines Smartphones abrupt unterbrochen. Obwohl das Gerät stumm geschaltet war, vernahm er den lautlosen Anruf seiner Mutter Karola. Über mehrere Sekunden hinweg starrte er auf ihren Namen, ohne das Gespräch anzunehmen. Knut tippelte mit den Fingern seiner rechten Hand rastlos auf der Holzplatte und benetzte seine Lippen mit frischem Speichel. Sein Innerstes wurde berührt, ohne dass er darum gebeten hatte. In lebendigen Impressionen prasselte seine Vergangenheit auf ihn ein und kaum etwas konnte die Dämme halten, die unter der Last des Bildgewitters zu brechen drohten.

Als sein Vater Olaf an einem Herzinfarkt starb, war Knut drei Jahre alt. Seine Mutter Karola versuchte mit bestem Gewissen, ihrem Sohn eine angenehme Kindheit zu bereiten. Doch sie zerbrach unter der Last einer Alleinerziehenden und sah keinen anderen Ausweg, als ihren vierjährigen Spross zu den Großeltern zu geben. Werner und Ingrid sorgten fortan für ihren Enkel und vernahmen, wie dieser sich zunehmend isolierte. Mit neunzehn Jahren verließ Knut sein zweites Zuhause, um in einer berühmten sächsischen Uhrenmanufaktur eine Ausbildung zum Uhrmacher zu absolvieren. Er landete anschließend im Außendienst der Edelschmiede und wurde der erfolgreichste Verkäufer seines Regionalbereiches. Menschen stellten für ihn Neukunden und damit eine potenzielle Provision dar, die er rigoros einzusammeln versuchte. Das Geld, das er verdiente, verteilte er auf die unterschiedlichsten Bereiche. Eine schicke, doppelgeschossige Wohnung erlangte dieselbe Normalität wie das Fahren seines sündhaft teuren Sportwagens aus Ingolstädter Produktion.

Nur eines blieb auf der Strecke: das Sorgen um seine Mitmenschen. Und so kümmerte es ihn wenig, dass seine Mutter Karola zwar häufig den Kontakt zu ihm suchte, er sie aber in aller Regel barsch abwies. Zudem bedeutete es ihm scheinbar nicht viel, seine Großeltern in wiederkehrenden Abständen einen Besuch abzustatten – denn stets war die Zeit der treibende Faktor, deren Vergeudung er ununterbrochen zu vermeiden versuchte. Mit siebenundzwanzig folgte der große Knall und das mühsam errichtete Kartenhaus fiel in sich zusammen. Nichts blieb, außer dem sicheren Gefühl, dass konträre Zeiten bevorstanden.

Nachdem er ein Jahr lang Arbeitslosengeld bezogen hatte, reichte sein monatliches Einkommen nicht mehr aus, um seinen bisherigen Lebensstandard aufrecht erhalten zu können. Er suchte nach einer neuen Profession, doch war er, aufgrund der sich stetig mehrenden Panikattacken, kaum in der Lage, sich mit Mitmenschen und Kollegen zu umgeben. Ein Kreislauf setzte sich in Bewegung, dessen Strudel alles mitriss, was nicht vorab gesondert gesichert worden war. An jenem Tag, als Werner mit siebenundsechzig an seinem Krebsleiden starb, verschanzte sich Knut in seiner Einzimmerwohnung und weinte herbe Tränen. Die Beerdigung seines Großvaters verpasste er, weil ihn seine Ängste auf dem Weg zur Kirche übermannten. Er machte kehrt und verkroch sich anschließend tagelang unter seiner Daunenbettdecke, die ihn, dank des Flaums der Eiderenten, wärmte.

Er lebte von seinen Ersparnissen und veräußerte in diesem Zeitraum all jene Dinge, die ihm vorher wichtig erschienen waren. Außerdem bezog er eine kleinere Wohnung und der sportliche Flitzer parkte fortan wieder vor dem Konsumtempel des deutschen Autobauers, der ihm das Fahrzeug vermietet hatte. Aus der existenziellen Not heraus, nahm er die Arbeit auf dem Schlachthof an. Kein Stein stand mehr auf dem anderen und so gab jene Konstruktion nach, die Knut als seinen Lebenslauf bezeichnete.

Knut nahm sein Smartphone zur Hand und wählte die Nummer seiner Mutter Karola. Es klingelte vierfach, bis sich eine zarte Frauenstimme zu Wort meldete.

„Hallo mein Hase, schön dass du zurückrufst!"

Ihr Tonfall klang distanziert. Wahrscheinlich der Tatsache geschuldet, dass sich der Kontakt zu ihrem Sprössling auf ein Minimum beschränkte und in den letzten Jahren nahezu verebbt war.

„Hallo Mama! Entschuldige, dass mein Rückruf etwas verspätet erfolgt. Ich war gerade in Gedanken und musste mich kurz sammeln. Ich bin ein paar Tage fortgefahren, um etwas Ruhe zu finden."

„Das ist doch gut. Ich möchte auch viel mehr reisen, aber du weißt ja, mit dem mageren Geld ist das schwierig. Und im Moment schmerzt mein linkes Knie wieder derart, dass ich hier sowieso nicht wegkomme."

Knut runzelte die Stirn und entgegnete ihr:

„Dann lass doch bitte mal einen Chiropraktiker eruieren, was dort nicht stimmt."

Karola antwortete genervt:

„Hase, du weißt doch, dass ich nicht zu solchen Scharlatanen gehe. Der bricht mir die Knochen und ich weiß monatelang nicht, wie ich meinen Einkauf erledigen soll. Und du hilfst mir dann auch nicht."

Knut atmete nahezu lautlos, und dennoch besonders bewusst, ein und wieder aus.

„Weißt du, es war ein winziger Vorschlag. Nicht mehr und nicht weniger. Was wolltest du eigentlich, als du mich eben angerufen hast?"

„Hase, ich bin dir doch für deine Tipps dankbar, aber ich werde mit meinem kaputten Knie leben müssen. Der Zustand verbessert sich seit Jahren nicht. Aber weswegen ich mit dir sprechen wollte, ergibt sich doch von selbst: Ich möchte Dir zum Geburtstag gratulieren! Alles Gute im neuen Lebensjahr!"

Dass Knut an jenem Dienstag seinen zweiundvierzigsten Geburtstag feierte, wussten nur wenige Menschen, von denen sich wiederum kaum jemand persönlich bei ihm meldete, um Glückwünsche zu übermitteln. Bisher hatte er lediglich eine SMS von seiner Großmutter Ingrid erhalten. Der Kontakt zwischen den beiden war eingefroren, als Knut vor dreiunddreißig Monaten das Begräbnis von Opa Werner versäumte und es zudem unterließ, seine Oma darüber zu informieren, dass er der Beisetzung des geliebtes Menschen nicht beiwohnen würde.

„Danke Mama, das ist lieb von dir. Es wird hoffentlich ein gutes Jahr. Du, ich muss Schluss machen, lass uns demnächst wieder telefonieren. Pass gut auf dich auf!"

Knut beendete das Gespräch, ohne die Reaktion seiner Mutter abzuwarten. Er inspizierte die Maserung des Eichenholzes auf der Oberfläche des Schreibtisches und die Zornesfalte auf seiner Stirn bildete eine tiefe Kerbe. Sein Gehirn ratterte unentwegt und tauschte in Lichtgeschwindigkeit diffuse Nervenimpulse aus. Was wollte er in seinem Leben erreichen?

Tagtäglich malochte er seit dreizehn Jahren in einer Fabrik, die das Tierleid industrialisiert hatte. Nach Feierabend versuchte er, jeden Kontakt zu seinen Mitmenschen im Keim zu ersticken. Vielleicht aus dem Selbstschutz heraus, niemandem von der Tätigkeit berichten zu wollen, die er selbst als Lohnarbeit bezeichnete. Doch Knut war angehalten, wie jeder von uns, Geld zu verdienen und Wert darauf zu legen, dass er seine monatlichen Fixkosten beglich. Er war kein schlechter Mensch, sondern ein funktionierender Akteur in einem krankenden System. Ein Rotfuchs, dessen unnatürliche Lebensgrundlage die Mülltonnen unserer Großstädte bildeten. Ein Wesen, welches die Menschen einst aus seinem ursprünglichen Lebensraum verdrängt hatten und doch heute im Zuge ihrer Zivilisierung miternährten. Es handelte sich nicht um eine schwarz-weiße Darstellung, sondern um ein polychromes Mosaik, dessen Gesamtbild sich nur schwerlich interpretieren ließ. Doch Knut wirkte wild entschlossen, dem Gesamtkunstwerk Menschsein endlich näherrücken zu können.

Als er an jenem späten Dienstagnachmittag sein schnuckeliges Ferienhaus verließ, lag ein goldgelber Schleier über der einstigen Künstlerkolonie, die ihre Maler vor hundertzwanzig Jahren mit innerem Reichtum beschenkte. Allerdings wurde diese beispiellose Stimmung nicht dadurch ausgelöst, dass die Sonne bereits besonders tief über der Horizontlinie stand. Vielleicht verzauberte dieses magische Licht die Halbinsel nur deshalb, weil sich Knuts Sicht auf die Dinge verändert hatte. Zuvor war er auf sein Spiegelbild getroffen, mit dem er viele Jahre haderte und das er fortan zu akzeptieren und zu wertschätzen versuchte. Und am morgigen Mittwoch würde er nun jene Maler kennenlernen, die diesen Flecken Erde wahrhaft verinnerlicht hatten und ihn zu einem Abbild ihrer eigenen Persönlichkeit weiterentwickelten. Knut wollte jenen Künstlern aufrichtig nachspüren, die diese herrliche Landschaft verewigt hatten. Welche Stimmung vermittelten die Gemälde? Welche Details lagen in ihnen verborgen? Und welchen Fingerabdruck hinterließen die Maler auf ihren Werken? Fragen über Fragen – doch die passenden Antworten sollten schnurstracks folgen.

Der Sinn des Lebens

liegt verborgen –

bis du verstehst,

dass er sich aus dir speist.

KAPITEL **ACHTUNDZWANZIG.**

Am frühen Morgen jenes Mittwochs legte Knut das schlichte Bettzeug zusammen, das ihm während der vorangegangenen Tage Behaglichkeit bot. Anschließend packte er seine Reisetasche und bereitete seinen Proviant vor, der ihn über die kommenden Stunden hinweg mit Essbarem versorgen sollte. Er teilte drei Äpfel in mundgerechte Happen und beschmierte die Scheiben eines halben Weißbrotes mit Butter. Für die geschmackvolle Note sorgte eine feine Prise Meersalz, die Knut behutsam auf den Schnitten verteilte. Gegen neun Uhr verließ er sein schnuckeliges Ferienhaus, in das er sich prächtig eingelebt und dessen Tür er mit Wehmut verriegelt hatte.
Knut gab den Schlüssel bei der Verwaltung des Feriendomizils ab und begab sich bedachten Schrittes zur Touristeninformation, um sein Gepäck für einige Stunden zwischenzulagern.

Die Bürgersteige wirkten sauber und gediegen und nur wenige Passanten säumten die Gassen des ehemaligen Fischerdorfes. Die Sommersonne erwärmte die groben Pflastersteine, die den Weg ausstaffierten, sodass der mutige Wanderer an jenem Vormittag mit nackten Fußsohlen auf ihnen stolzierte. Auf einer urigen Mauer, die seinen Pfad säumte, saß eine dösende Katze mit roter Fellfarbe. Sie kniff ihre Augen auf ein Maximum zusammen und ließ lediglich einen schmalen Spalt geöffnet, um das gemächliche Geschehen im Blick zu behalten.

Als Knut seine Reisetasche sicher im Schließfach verstaut hatte, suchte er jenes Museum auf, an deren Wänden sich die Halbinselkette mit deutungsvoller Betrachtung und in den Gemütslagen längst vergangener Tage präsentierte. Unterschlupf fand die Ausstellung in einem architektonischen Ensemble aus feinen Einzelhäusern, die mit flachen Verbindungsräumen verflochten waren. Der Komplex entstand in Anlehnung an alte Traditionen und Materialien und lehnte sich stilistisch an die mit Rohr eingedeckten Fischerhäuser an, die den Charme jener Halbinselkette maßgeblich prägten. Knut schlenderte über zwei Stunden hinweg durch die musealen Räumlichkeiten und bestaunte jene Werke mit Argusaugen, die die Landschaften der Umgebung mit den vielschichtigen Gefühlsregungen der Künstlerkolonie anreicherten. Innig verweilte er vor einem Gemälde, das ihn in die Stimmungslage seiner gestrigen Wanderung zurückversetzte. Das auf Hartfaser gebannte Ölbild zeigte einen jungen Mann in kurzer Hose samt beigefarbenem Hemd. Der sitzende Knabe führte einen Wanderbeutel mit sich, der locker an seinem Rücken herunterhing und scheinbar das Nötigste des Tages enthielt. Mit beiden Armen fixierte der Bursche sein linkes Knie, das angewinkelt auf der sandigen Stranddüne verweilte. Umgeben von rosafarbenen Wildkräutern, blickte der Wanderer geduldig auf das offene Meer. Heiteres Wetter bestärkte ihn darin, jenen Augenblick visuell auszukosten und die unbeschwerte Leichtigkeit, die von diesem Moment ausging, zu konservieren. Das um 1910 entstandene Gemälde bewegte Knut sehr. Er versank in den Farben und Nuancen der Malerei und drang förmlich in die Gefühlsstrukturen der Künstlerin ein, die im selben Jahr starb, als seine Mutter Karola das Licht der Welt erblickte. Die Minuten liebkosten den Raum und erfüllten seinen Gast mit tiefer Ruhe und Zufriedenheit. Er fand an jenem Mittag sein gemaltes Spiegelbild.

Als Knut die Halbinselkette mit dem Linienbus verließ, suchte sein Blick fortwährend nach Punkten der Orientierung und Erinnerung, die er sogleich in seinem Langzeitgedächtnis verankerte. Vor seinem inneren Auge glitten die Tage hindurch, die seinem Leben einen kräftigen Schub, neue Impulse und weitere Blickwinkel ermöglichten. Links der sanfte Bodden und rechts das weite Meer. Geschützte Brutplätze verweilten in schmaler Luftlinie zur offenen See und die Sonne mischte ihre Farbpalette im Angesicht des späten Nachmittages. Knut strich mit seiner rechten Hand über den feinporigen Kartonzylinder und schloss seine beiden Augen. Erst als der Bus seine Endhaltestelle am Bahnhof erreichte, erwachte Knut wieder. Er verlud sein Gepäck in den Stauraum des Regionalzugabteils und platzierte sich auf einem der weichen, mit robustem Stoff ausgekleideten Fahrgastsitze. Als der Sonnenuntergang nahte, erreichte Knut nach zweimaligem Umsteigen sein Ziel.

Die Stadt lag wachsam und aufgeregt vor ihm. Einige Passanten wechselten hastig die Straßenseite, um vor Ladenschluss letzte Besorgungen erledigen zu können. Ein fliegender Händler offerierte seine in Lauge getauchten und anschließend ausgebackenen Brötchen, die reißenden Absatz fanden. Laute, flüchtige Musik drang aus einem schwarzen Sportwagen, der mit offenem Verdeck durch die belebten Straßen schepperte. Ein junges Mädchen schrie ihren Gesprächspartner an, als dieser ihr gestand, dass das zuckerhaltige Getränk eines österreichischen Unternehmens im nahe gelegenen Supermarkt unauffindbar und ausverkauft sei.

Knut setzte sich in Bewegung und wuchtete sein Gepäck entlang des großstädtischen Gehweges bis zu seiner Wohnung, die sich in einem einfachen Plattenbau und nahe dem Stadtzentrum befand. Sein Briefkasten war mit Rechnungen und Lokalzeitungen gefüllt.

In dem Papiergewühl fand er zudem ein buntes, mit großen Lettern bedrucktes Schreiben eines Möbelmarktes, in dem Knut herzliche Glückwünsche zu seinem zweiundvierzigsten Geburtstag übermittelt wurden. Vor dreizehn Jahren hatte er in diesem Geschäft seine Schlafcouch erworben und wurde seitdem in regelmäßigen Abständen mit frischem Werbematerial und alljährlichen Gratulationen versorgt. Knut öffnete die Tür zu seiner Wohnung, stellte sein Gepäck im schmalen Flurbereich ab und lüftete seine Räumlichkeiten sogleich. Vorsichtig befreite er seinen Kunstdruck aus der runden, dickpappigen Hülle. Er breitete das farbenfrohe Blatt auf seinem dunkelgrünen Schlafsofa aus, das er kurz zuvor aufgeklappt hatte. Mithilfe von sechs schweren Büchern glättete Knut das wertvolle Papier und suchte in der Zwischenzeit nach einem passenden Rahmen. Doch nach kreativer und konzentrierter Suche änderte er seinen Plan. In seinem winzigen Abstellraum fand er eine schlichte Leiste aus Kiefernholz, die er mit einer feinen Säge gleichmäßig zuschnitt. Anschließend bemalte er die Stücke in den Farbnuancen, die den lebendigen Wildwuchs jener Kräuter untermalten, die neben dem jungen Wanderer gediehen, als dieser sich expressionistisch verewigen ließ. Knut verschraubte die vier schmalen Holzlatten miteinander und fixierte den Kunstdruck mit einer kräftigen, passgenauen Pappe, die er ebenfalls in der Flurnische seiner Einzimmerwohnung fand. Auf ein schützendes Glas verzichtete er, um sein Spiegelbild fortan direkt und unverfälscht betrachten zu können.
Er positionierte das gerahmte Schmuckstück fein drapiert und maßgenommen ausgerichtet an seiner Wohnzimmerwand – in unmittelbarem Sichtfeld zu jener Position, die er einnahm, wenn er sich auf seiner Schlafcouch niederließ. Das Bild verweilte fortan neben der *Sternennacht.*

Ein Wanderer bist du!

Mach' dich auf und

finde dein Ziel!

KAPITEL **NEUNUNDZWANZIG.**

Als Knut aufwachte, erblickte er das neue Schmuckstück an seiner Wohnzimmerwand. Es spiegelte ihm ein Gefühl von spontanem Aufbruch. Nicht irgendein blindes Rennen in die falsche Richtung, sondern die stetige Gewissheit, dass sich auf seinem Weg alles befinden würde, was er zum Überleben benötigt. Er festigte seine Gedankengänge und manifestierte zugleich mental den Routenplan für seine kommende Wanderung. Diese würde ihn nicht über polychrome Felder und satte Wiesen oder entlang feinporiger Strände und vorbei an dichtem Schilf führen, sondern ihn auf der größte Reise seines Lebens begleiten.

Der Drucker schwärzte das blütenweiße Papier mit gut sichtbarem Schriftverlauf. Knut blickte ein ums andere Mal auf das Schreiben, das er soeben formuliert hatte. Er spannte seine Kiefermuskeln an und biss sich auf die Zähne. Mit der Zunge ergründete er seinen Gaumen und versank sogleich in tiefen Gedanken. Er wog seine bevorstehende Entscheidung behutsam ab und beurteilte die greifbaren Argumente und Einwände zwar angespannt, aber nicht fahrig. Nach einigem Verharren beförderte er das Schriftstück samt seiner Unterschrift in einen passenden Briefumschlag und verließ pünktlich seine Einzimmerwohnung. Es war Donnerstag und die Arbeit rief.

Die Drehtür der Fabrik kreiste mit jedem Menschen, der sich mithilfe seiner weißen Plastikkarte erfolgreich als Mitarbeiter des

Schlachthofes identifiziert hatte, eine halbe Runde. Auch Knut passierte die Eingangskontrolle und begab sich schnellen Schrittes zur Umkleidekabine – in der Hoffnung, dort seinen Kollegen Jochen anzutreffen. Sein Schließfach trug die Nummer siebenundzwanzig und befand sich auf der linken Außenseite des großformatigen Raumes. Das grelle Licht der Neonröhren leuchtete seinen Rucksack optimal aus, als er diesen auf der hölzernen Sitzbank ablegte. Knut blickte musternd um sich, doch von seinem Leidensgenossen ließ sich keine visuelle Spur ausfindig machen. Jochen nutzte den Spind mit der Nummer sechsundachtzig, der sich an der langen, oberen Seite des rechteckigen Raumes befand.

Als durch die Lautsprecher eine Mitarbeiteransage hämmerte, in der hastig übermittelt wurde, welche Inhalte die neue Hygieneverordnung der Landesregierung umfasste, betrat Jochen verspätet die Umkleidekabine. Die Zeigerkonstellation der weißen Hauptwand zeigte 06.13 Uhr. Knut hatte sich bereits vollständig umgezogen und wirkte bereit, den Arbeitstag anzutreten. Doch für einen kurzen Austausch mit seinem Kollegen blieb ein Moment übrig, obwohl die Zeiterfassung mit dem Durchschreiten des Drehtores begann. Gerd achtete penibel darauf, dass unproduktive Handlungen seiner Mitarbeiter ausblieben. Und private Gespräche sollten, wenn nötig, nur in den offiziellen Pausenzeiten stattfinden. Dieses System, das straff und herrisch geführt wurde, verlor an jenem Donnerstag einen seiner besten Mitarbeiter.

„Mein Freund, da bist du wieder! Wie geht es dir? Hast du neuen Wind unter dein Segel bekommen?"

Knut reagierte reserviert, denn der intime E-Mail-Austausch der letzten Tage erschwerte ihm den persönlichen Zugang zu seinem

Kollegen. Er war von einem unterbewussten Schamgefühl belastet, das sich daraus speiste, dass Jochen scheinbar detailliert Bescheid wusste, was für ein diffiziler Mensch Knut war und welche Probleme er tagtäglich zu schultern versuchte.

„Hallo, Kollege. Der Wind wurde schwächer mit den Tagen. Und am Ende tauchte ich endlich im Meer unter. Die Auszeit tat mir also gut."

Jochen zögerte, denn er erspürte jenes Gefühl, welches in der Luft lag und es seinem Leidensgenossen offensichtlich erschwerte, aufrichtig und befreit über seine Befindlichkeiten zu berichten. Dennoch wagte er einen mutigen Schritt.

„Das klingt gut, mein Freund. Und hast du einen Ausgang aus deinem Dickicht gefunden?"

Knut schluckte schwer, befeuchtete anschließend seine Lippen und presste den überschüssigen Speichel an seinem Kehlkopf vorbei.

„Jochen, ich hoffe es. Sehr sogar. Vor der Drehtür habe ich meine Kündigung in den Briefkasten eingeworfen. Es ist ein erster Schritt der Entwirrung und dient dem Stutzen des Dickichts. Zumindest ein Anfang, oder?"

Die beiden Männer schauten sich innig an. Die Wanduhr des Raumes tickte pausenlos und sorgte, abweichend von Knuts Herzschlag, welcher rasend galoppierte, für einen regelmäßigen Takt. Nach einigen Momenten streckte Jochen seine Hand aus.

„Mein Freund, gut gemacht. Ich hab' den Schritt gestern vollzogen. Nun sitzen wir wieder im selben Boot. Doch diesmal ist das Segelschiff bunter und seetauglicher. Mal abwarten, wohin uns der stramme Wind treibt."

Knut erwiderte den aufrichtigen Handschlag und die beiden Weggefährten umarmten sich herzlich.

„Ich bin spät dran, mein Freund. Die Arbeit ruft. Gut zwei Monate dürfen wir noch über den Tod richten."

Knut musterte an jenem Donnerstag siebenundzwanzig Schweine aus, die krank oder verletzt wirkten und zur Notschlachtung überführt werden mussten. Die Arbeitszeit zog sich wie ein endlos dehnbares Gummiband, dessen Riss durch das Läuten der Glocke ausgelöst wurde, die pünktlich zum Schichtwechsel um 14.30 Uhr ihren Dienst verrichtete. Er legte seine blütenweiße Kleidung ab, die zwar per Definition der hellsten aller Farben entsprach und das Licht gekonnt reflektierte, aber in der Berücksichtigung seiner Gefühlslage gänzlich beschmutzt und unrein wirkte.

Im S-Bahn-Waggon griff Knut zu seinem Smartphone und tippte in seiner Kontaktliste auf den Namen Anna V. – anschließend wählte er die Nummer jener jungen Frau, die er als seine Therapeutin kennengelernt hatte, kurz bevor er abreiste. Als Knut ihre weibliche Stimme vernahm, berichtete er ihr komprimiert von der einwöchigen Auszeit und seinem mutigen Entschluss, seine aktuelle Arbeitsstelle verlassen zu wollen. Er bat Anna schüchtern, ob es möglich sei, den geplanten Termin einige Tage vorzuverlegen.

Seine Therapeutin zeigte sich überrascht von den weitreichenden Entwicklungen und entgegnete ihm, dass es am morgigen Nachmittag um fünfzehn Uhr passen würde. Knut bedankte sich für ihr Entgegenkommen und legte erleichtert auf. Ein seltener Tag stand kurz bevor.

Dein Unterbewusstsein wird

dir über alles berichten,

was von Belang ist.

KAPITEL DREISSIG.

„Knut, du verlässt nun diesen nervenaufreibenden Ort und fliegst behutsam zurück zu deinem Spiegelbild. Ruhig und entspannt landest du auf der warmen Stranddüne, nachdem dich deine Flügel sicher und unverletzt über die Wegstrecke hinweg getragen haben. Riechst du die rosafarbenen Wildkräuter, die neben dir gedeihen? Ja, das machst du gut. Sehr schön! Du bist in Sicherheit – und mit unerschöpflicher Liebe versorgt."

Dieser 30. Juli des Jahres wurde von großer Schwüle und feuchtwarmen Windböen durchweht. Ein Tag wie kein anderer. Durch Knuts wachsamen, aber aufgewühlten Gesichtsausdruck ließ sich deuten, dass er dem bevorstehenden Nachmittag gespannt entgegenfieberte. Seine klaftertiefe Zornesfalte gab überdies die Information preis, dass ihn eine diffuse Unsicherheit durchzog. Wie konfliktreich das Gespräch verlaufen würde, das nur wenige Stunden bevorstand, ließ sich zu diesem Zeitpunkt nicht vorhersagen.

Ein Fahrgast, der Knut in der großstädtischen S-Bahn direkt gegenüber saß, wälzte die digitalen Gesprächsverläufe seines Smartphones und tippte ohne Unterlass neue Satzfolgen in das Gerät ein. Sie tauschten keine Blicke aus, denn der junge Mann wirkte abwesend und einzig auf seine virtuelle Kontaktpflege fixiert. Erstaunlicherweise bereitete es Knut wenig Sorgen und Ängste, an jedem Freitagmorgen in einem öffentlichen Verkehrsmittel zur Arbeit zu pendeln.

Er war offenbar in der Lage, den Alltagstrubel auszublenden und sich auf die feinen, skurril schönen Details zu fokussieren, die sich ihm pausenlos präsentierten.

Eine ältere Dame mit aschgrauer Bluse und hellem Strohhut lackierte sich inmitten des wankenden Zugabteils ihre Fingernägel rot. Durch die unvorhersehbaren Bewegungsmuster des fahrenden Waggons, entglitt der Frau mehrfach der feine Pinsel und so landete der Farblack nicht nur auf den avisierten Nägeln, sondern verzierte fortan auch ihre Fingerkuppen. Wild gestikulierend echauffierte sich die Dame über die vorliegenden Missstände und schleuderte rohe Flüche durch den Fahrgastraum. Knut musste innerlich schmunzeln, verkniff sich aber jeden überflüssigen Ratschlag.

Als er im Umkleideraum der Fabrik ankam, vernahm er sofort, dass Gerd auf ihn gewartet haben musste. Sein Vorgesetzter schritt mit eiligem Fußmarsch auf ihn zu und fragte Knut mit ungewohnter Höflichkeit nach seinem Wohlbefinden.

„Bei mir ist alles gut, danke.", folgte als kurze und abweisende Antwort.

„Knut, ich habe erfahren, dass Sie bei uns kündigen möchten. Nach nunmehr dreizehn erfolgreichen Jahren. Meine Güte, eine lange Zeit. Ich möchte Ihnen sagen, dass Ihre Arbeit von immenser Wichtigkeit für unser Unternehmen ist. Deshalb habe ich bei Herrn Markwart eine saftige Lohnerhöhung für Sie aushandeln können. Dreiunddreißig Prozent mehr – ab morgen. Einfach so. Gut, nicht wahr?"

Knut widerte die anbiedernde Art seine Vorgesetzten an. Er bemerkte in Windeseile, dass die fahlen Worte nicht für neue Motivation und Lebendigkeit bei ihm sorgten, sondern ihn vielmehr in seinem Entschluss bestärkten, den Schlachthof lieber heute als morgen verlassen zu wollen.

„Es geht mir nicht ums Geld. Und meine Entscheidung wird sich nicht umkehren lassen, nur weil Sie das erste Mal während unserer Zusammenarbeit höflich und freundlich zu mir sind. Tiere sind auch nur Menschen, mein lieber Gerd!"

Knut zischte ohne weitere Anmerkungen ab und ließ seinen Vorgesetzten verdutzt zurück.

Der Löwenzahn thronte mit üppigem Blattwuchs und kräftiger Blütenfarbe über den untergeordneten Gräsern. Nur eine Honigbiene überflog über die knallgelbe Rosette der Pusteblume, als sie genügend Pollen und Nektar für die Versorgung ihrer Artgenossen eingesammelt hatte. Die Sonne hockte beseelt auf dem Schoß einer flachen Wolkenformation, die ihr aber sogleich den festen Sitz entzog. Doch der hellste aller Sterne fand sich im freien Raum bestens zurecht und leuchtete die üppig grüne Wiese vor Annas Praxis mit ihren wohltuenden Strahlen aus. Unter Knuts Achselhöhlen sammelte sich feiner Schweiß, welcher sich nicht nur aus Wärme des Tages speiste, sondern vor allem aus der Befürchtung heraus resultierte, die gemeinsame Sitzung könnte für ihn unangenehme Informationen zutage fördern. Er spürte, wie sein Herzschlag im Takt des Lebens sprang. Nachdem er seinen Blick geschärft hatte, berührte er sanft das Klingelschild, welches im Hausinneren für ein wohliges Läuten sorgte und an der Gegensprechanlage Annas liebliche Stimmfarbe bis an die Gartenpforte transferierte.

„Knut, ich mache Ihnen sofort auf. Schön, dass Sie da sind."

Nachdem Knut das gesicherte Gartentor passiert hatte, erblickte er in gut zehn Metern Entfernung Anna V. samt ihrer warmherzigen Erscheinung. Ihre sonnengebräunte Haut wetteiferte mit dem Farbverlauf der Haselnüsse, die den Reifeprozess durchliefen und an einem imposanten Strauch neben der Haustür friedvoll gediehen.

„Anna, vielen Dank, dass es heute kurzfristig geklappt hat und Sie Zeit für mich finden."

„Knut, gern doch. Bei Ihnen muss sich viel getan haben – da ist es gut, dass Sie mit mir sprechen."

Die junge Therapeutin führte ihren Klienten in einen stilvoll gestalteten Raum, der mit hellgrauem Teppichboden, einem türkisfarbenen Sofa und zwei dänischen Schwingsesseln eingerichtet war, welche vornehmlich aus der Mitte des letzten Jahrhunderts stammten. An den Wänden vereinigten sich die unterschiedlichsten Waldmotive zu einer beruhigenden und ursprünglichen Fotofolge. Eine fein ausgearbeitete Skulptur, die ein Abbild der Göttin Artemis zeigte, stand regungslos und zeitgleich lebendig wirkend auf einem runden Beistelltisch, der aus Teakholz gefertigt war. In der griechischen Mythologie gilt sie als Hüterin der Frauen und Kinder. Sie ist zudem die jungfräuliche Gottheit des Mondes, der Jagd und des Waldes. Knut schien überwältigt von der schlichten Eleganz, die der Raum ausstrahlte.

„Setzen Sie sich gern. Ich hole uns eben zwei Gläser mit frisch ge-sprudeltem Zitronenwasser.“

Knuts Blick verlor sich in einem Gemälde von kleinem Format, das magisch und anziehend auf ihn wirkte. Es zeigte die abstrakte Dar-stellung einer gleißend hellen Sandwüste. Im vorderen Bereich des Bildes ruhte ein schwarzer Monolith, der die blaue Horizontlinie hinter seinem Antlitz stufenartig brach. Fernab jeder wissenschaftli-chen Erkenntnis, vollzog das Himmelsgeschehen physikalisch uner-gründliche Sprünge und erschuf eine neue geometrische Form. Die goldgelbe Abendsonne beobachtete jenes wirr wirkende Geschehen als Protagonistin und komplettierte das Kunstwerk. Als Knut wie weggetreten wirkte, betrat Anna den Raum, mit einem Silbertablett und der Erfrischung in der Hand.

„Bitte, das Glas ist für Sie. Die Zitronen sind aus rein biologischem Anbau. Falls Sie Probleme mit dem Verzehr von gespritztem Obst haben. Ich bekomme nämlich häufig Ausschlag von chemisch bear-beiteten Lebensmitteln.“

Knut bedankte sich freundlich und nippte an dem wohlschmecken-den Kaltgetränk. Er erkundigte sich nach dem abstrakten Kunst-werk, das die Wand mit besonderer Schönheit verzierte. Anna er-läuterte ihm, dass Sie das kleine Gemälde vor vier Jahren kaufte, als sie rastlos durch die Welt irrte und auf einen jungen Maler traf, der ihren damaligen Gefühlszustand omnipräsent abbildete. Vor allem der Sprung der Horizontlinie hätte sie zu diesem Zeitpunkt tief be-wegt – dieser vermittelte ihr mit waghalsiger Formensprache, dass innerhalb unseres Kosmos nichts in geregelten Bahnen verläuft. Jede glatte Linie würde schlicht ihrer Intuition folgen, genau wie wir Menschen es tun.

Eine halbe Stunde lang tauschten sich die beiden angeregt über die vorangegangen Tage aus. Knut berichtete ihr ausführlich von seinen Erlebnissen und Träumen. Anna schlug ihrem Klienten anschließend vor, ihn in eine Hypnose versetzen zu wollen, um ihm seine unterbewussten Gefühlswelten aufzeigen zu können. Knut schien seiner Therapeutin zu vertrauen und willigte kopfnickend ein. Er machte es sich auf seinem Schwingsessel bequem, nippte noch einmal an seinem Zitronenwasser und ließ sein Körpergewicht in die Tiefen des Sitzmöbels gleiten. Auf einer dunkelblauen Unterlage befand sich ein weißes Blatt Papier, das Anna dazu diente, sich während der Sitzung Notizen vermerken zu können. Zwischen ihrem rechten Daumen und Zeigefinger hielt sie einen silberfarbenen Kugelschreiber mit schwarzer Mine. Die junge Frau fragte ihren Klienten, ob es für ihn in Ordnung sei, dass sie ihn während der Hypnose duzt. Knut bejahte ihr Anliegen wortlos und das Geschehen nahm seinen Lauf.

„Ich möchte, dass du dich auf eine Reise begibst. Diese wird dich dorthin führen, wo es für dich besonders angenehm ist. Atme dabei tief ein und aus. Ein und wieder aus. Tief ein und aus. Ich möchte, dass du alles loslässt, das dich heute beschwert hat. Nimm ein paar kleine Steine und wirf sie in den Fluss. Sie treiben davon, siehst du! Du spürst, wie dich jeder Atemzug leichter und leichter werden lässt. Atme tief ein und wieder aus. Mit jedem Felsbrocken, den wir zusammen abwerfen, wirst du gelassener und ruhiger. Ich zähle für dich, damit du mitverfolgen kannst, wie leichtfüßig du wird. Mit jedem Wurf wirst du luftiger und leichter.

Eins! Der erste Stein ist unter der Wasseroberfläche abgetaucht und deine Muskeln entspannen sich. Jede Last fällt von dir ab und vollkommene Schönheit umgibt dich. Du bist sicher und geborgen. Dieses Gefühl gehört dir. Du hast es dir verdient. Ganz leicht wirst du. Ganz leicht.

Zwei! Du achtest nur auf meine Stimme. Jedes andere Geräusch blendest du aus. Die Steine finden ihren Weg, du musst nicht mehr auf sie aufpassen. Dein Körper verliert sich im Angesicht des Flusses. Du fühlst dich leichter und leichter. Die wohlige Wärme tut dir gut.

Drei! Wieder ist ein Stein verschwunden. Du bist luftig leicht. Geborgenheit und Wärme durchströmen deinen Körper. Deine Muskeln haben sich vollkommen entspannt und deine Gedanken sind nur bei mir. Nur bei mir.

Vier! Du genießt, wie locker dein Körper über dem Fluss schwebt und du hast die Gewissheit, dass jeder Stein sein Ziel finden wird. Ganz entspannt bist du. Nur meine Stimme kannst du hören – sie dringt tief in dein Unterbewusstsein ein. Dich umgibt ein Gefühl von absoluter Behaglichkeit.

Fünf! Jede Last ist von dir abgefallen. Warm und entspannt liegst du da. Sicher und geborgen. Du darfst nun gehen, wohin du möchtest. Vielleicht reist du an einen sonnengetränkten Strand. Oder du begibst dich in ein saftig grünes Bergtal, wo du dich entspannen möchtest. Es ist deine Entscheidung. Nur deine Wahl."

Anna beobachtete, dass Knut sich vollkommen entspannt hatte und zeitgleich in seinen Gedankenwelten umherreiste. Ruhig und besonnen saß sie auf ihrem Schwingsessel aus dänischer Möbelschmiede und musterte jeden noch so feinen Muskelimpuls, der Knut bewegte und den er äußerlich zeigte. Nach einigen Augenblicken der Geduld begann er über jenen Ort zu berichten, an dem er sich während seiner Traumreise niederließ. Mit leiser Stimme und etwas undeutlicher Aussprache meldete er sich zu Wort.

„Ich befinde mich im Schneidersitz hockend auf einer hohen Stranddüne. Vor mir das offene Meer und einige rosafarbene Kräuter, die am Uferrand wachsen."

„Schön. Gefällt es dir dort? Wonach duften die Kräuter?"

„Sie riechen nach Lavendel, aber es ist kein Lavendel. Ich kenne die Pflanzen nicht, obwohl ich sie nun das zweite Mal sehe. Vielleicht sind sie toxisch und gefährlich."

„Warum sollten sie giftig sein? Knut, welche Farbe hat das offene Meer?"

„Ich kann das Wasser nicht mehr sehen. Ich bin in einer Waldlichtung gelandet. Überall liegen orangefarbene und gelbe Blätter, die von den Bäumen gefallen sind, weil sie welk sind. Ich sehe aus wie ein kraftvoller Schweinefuchs. Halb Wildschwein, halb Rotfuchs. Und mir gegenüber steht eine sonderbare Gestalt auf zwei Beinen. Ihr Kopf ähnelt einem Brillenbären, oder einem Wisent. Ich kann es nicht genau erkennen."

„Knut, spricht dieses Wesen zu dir? Ist es freundlich gesonnen?"

„Nein, es spricht nicht zu mir. Es starrt mich nur an. Sein böser Blick macht mir Angst. Es ist aggressiv, denke ich."

„Knut, kannst du es wahrnehmen? Wie schaut es konkret aus?"

„Ich spüre das Wesen, ja. Aber ich weiß nicht, was es von mir will. Sein Kopf ist eine Mischung aus Brillenbär und grimmigem Wisent. Und doch hat es den Leib eines Menschen."

„Es ist also ein Fabelwesen? Knut, hast du Vertrauen zu ihm?"

„Nein, sein Anblick macht mir Angst. Große Angst."

Knut zitterte am ganzen Körper und feine Tränen benetzten seine Wangen. Anna reagierte selbstsicher auf das Geschehen und vermittelte ihrem Klienten das wahrhafte Gefühl von Sicherheit und Entspannung.

„Knut, du erzähltest mir gerade, dass du die rosafarbenen Kräuter nun zum zweiten Mal gesehen hast. Woher kennst du sie denn?"

„Von meinem Spiegelbild. Ich habe mich in der Ausstellung der Künstlerkolonie selbst gesehen – verewigt auf einem Gemälde. Es ist schön. Ganz schön."

„Dein eigenes Spiegelbild beruhigt dich. Das ist toll. Knut, siehst du es vor deinem inneren Auge?"

„Ja, ich kann es betrachten. Aber es verschwimmt. Und es treibt davon."

Knuts gesamte rechte Gesichtshälfte wurde von einem unkontrollierten Muskelzucken übersät und seine Stirnfalten bewegten sich in einer Abfolge, die dem einer bespielten Ziehharmonika glich.

„Da ist dieses Geschöpf wieder, dieses grimmige Fabelwesen. Wenn ich es nicht töte, wird es über mich richten!"

Anna reagierte unaufgeregt und gefasst, trotz der entgleitend wirkenden Ereignisse. Mit sanfter Stimme leitete sie ihren Klienten an, die Auseinandersetzung mit dem Fabelwesen zu verlassen. Mit gekonnter Führung gelang es ihr, Knut in ruhige Gefilde zurückzuführen. Sie konnte ihm glaubhaft versichern, dass alles in bester Ordnung sei. Sie führte ihn in fünf Schritten zurück in die Bewusstheit und ließ ihm anschließend einige Minuten Raum, um sich in der Wirklichkeit wiedereingliedern zu können.

„Anna, wer war dieses Wesen? Wollte es mich töten?"

Die junge Therapeutin beruhigte ihren Klienten und versprach aufrichtig, die Dinge mit ihm zusammen ergründen zu wollen. Doch dafür benötigte er Zeit und Geduld. Fünfzehn gemeinsame Sitzungen sollten folgen, im Verlauf derer Knut die Ereignisse jenes Julitages konkret einzuordnen wusste. Als er seine Reise begann, war ihm sein Ziel gänzlich unbekannt.

Geh' mutig fort,

wenn dich jeder Schritt

deiner Last entledigt.

DRITTER

TEIL

.

VERWANDLUNG.

KAPITEL EINUNDDREISSIG.

Der letzte Arbeitstag lag hinter ihm. Gerd überreichte seinem langjährigen Mitarbeiter einen Einkaufsgutschein im Gegenwert von zwanzig Euro. Einlösbar in einem der Fleischfachgeschäfte, die der Schlachthof tagtäglich belieferte. Dass Knut zu diesem Zeitpunkt keine Fleischprodukte mehr aß, wusste sein Vorgesetzter nicht, denn die beiden sprachen nie über private Angelegenheiten. Verteilt über die vergangenen Wochen hinweg, hatte ihn das Leid der Tiere hemmungslos überrollt und er schwor sich, jenem mörderischen Wahnsinn, zumindest in seinem Einflussbereich, beharrlich entgegenwirken zu wollen. Dazu zählte gleichsam auch, seinem langjährigen Arbeitgeber den Rücken zu kehren.

Als Knut zum letzten Mal die Drehtür des Schlachthofs passierte, um die Fabrik als freier Mensch zu verlassen, zeigte sich der frühe Herbst von seiner lieblichen Seite. Ein feiner Blätterwirbel führte imposante Choreografien auf. Das schicke Laub umgarnte ihn und es wirkte beinahe so, als wolle das Blattwerk seinen menschlichen Gast als männliche Hauptrolle für das spätsommerliche Ensemble gewinnen. Knut schlenderte gemächlich durch die lebendige Kulisse und begab sich freudig zu Jochen.

Die beiden hatten sich für den Nachmittag verabredet, um ihrem synchronen Abgang aus dem Tollhaus ein würdiges Finale zu bereiten. Als er das gründerzeitliche Mehrfamilienhaus erreichte, in dem sein Leidensgenosse in einer Zweizimmerwohnung residierte, schien

Knut von der äußerlichen Opulenz des Gebäudes überwältigt zu sein. Mit aufwendigen Ornamenten verziert und mit künstlerischer Finesse veredelt, mutete das Gemäuer prächtig und protzig zugleich an. Nachdem er es zweimal hatte läuten lassen, gewährte Jochen ihm Einlass in seine schicke Bleibe. Im zweiten Obergeschoss angekommen, begrüßte ihn sein Leidensgenosse herzlich und innig. Die beiden Männer zeigten sich freundschaftlich verbunden und einander wertschätzend. Jochen bat seinen Gast hinein und führte ihn entlang eines schmalen Flures in sein stilvolles Wohnzimmer. Elemente des Jugendstils zierten den Raum auf gelungene Weise. Ein hochwertig gearbeiteter Sekretär füllte den Platz zwischen den beiden Fenstern, die den Wohnbereich in ein sattes Hell tauchten. Geschmückt wurde das geschwungene Möbelstück von naturalistischen Ausformungen einiger Blüten und Blätter, die dem edelhölzernen Einrichtungsgegenstand eine vielfältige Lebendigkeit einhauchten.

„Mein Freund, du kannst gern Platz nehmen, wenn du möchtest."

Jochen verwies seinen Gast auf die stilechte Sitzgelegenheit, die Raum für drei Personen bot und mit feinem, dunkelblauem Samtstoff überzogen war. Über dem Sofa thronte ein Kunstdruck von Paul Gauguins *Woher kommen wir? Wer sind wir? Wohin gehen wir?*, der durch den schicken, goldblättrigen Rahmen besondere Aufmerksamkeit erregte. In seiner selbst gebauten Hütte auf Tahiti erschuf der französische Maler dieses testamentarisch wirkende Gemälde, welches dem reinen Unterbewusstsein des Post-Impressionisten entsprungen und unter vollständiger Mobilisierung seiner seelischen Kräfte entstanden sein musste. Knut behielt seinen wachen Blick und musterte das facettenreiche Geschehen des bedruckten Blattes, welches die Wohnzimmerwand seines Leidensgenossen mit stetigem Leben füllte.

„Ein emotionales und aufrüttelndes Werk, nicht wahr?"

„Es ist bewegend, ja. Sehr traurig, dass Paul und Vincent in Süd-frankreich, trotz ihrer offensichtlichen Gemeinsamkeiten, nicht zu-einander fanden. Aber unter Umständen fütterte diese Nähe ihre Auseinandersetzungen – vielleicht berührten sich die Seelen der bei-den zu sehr und die Männer waren nicht in der Lage, dem wahren Sinn ihrer Verbundenheit nachzuspüren."

Jochen äußerte nickende Zustimmung und ergänzte Knuts Ausfüh-rungen:

„Am Ende des Tages wird es von Nöten sein, dass wir auf die Frage nach dem Ursprung unserer Existenz eine plausible und für uns stimmige Antwort finden. Paul sah seinen Platz in Französisch-Poly-nesien, nicht in der geschäftigen Mitte Europas. Ich denke, dass er an den Ort zurückkehrte, an dem sein Herz geboren wurde. Im Südpazifik."

Knut schien Jochens Gedankengänge zu teilen.

„Das klingt schlüssig. Aber was hätte Vincent anderes tun können, als unentwegt jene farbenfrohen Landschaften zu malen, die ihn glücklich machten und im Laufe der Zeit honorig werden ließen. Hätte er Paul in den Südpazifik begleiten sollen? Konkret, an wel-chem Ort lag sein existenzieller Ursprung?"

Jochen wühlte bedächtig zwischen den Nervenbahnen, die sein Ge-hirn durchkreuzten.

„Mein Freund, ich finde keine spontane Antwort auf deine Frage. Vielleicht war er der Erschaffer einer uns unbekannten Welt. Und der Ort, an dem Vincent sein absolutes Heil fand, ist nicht auf unseren Landkarten vermerkt."

Andächtig und ruhevoll verharrten die beiden Männer vor dem Kunstdruck des französischen Malers, der mit schwerer Krankheit gescholten und von großer Armut geplagt, im Mai 1903 starb.

Jochen und Knut verweilten auf dem dunkelblauen Samtsofa und nippten wortlos an ihren Teetassen. Ihre Unterredung hatte die beiden innerlich tief aufgewühlt und sie an ihre eigenen Lebensläufe erinnert. Unabhängig voneinander befanden sich die beiden Wanderer auf der größten Reise ihres Lebens – zurück zu den Ursprüngen ihrer Existenz und dem direkten Weg ihrer aufrichtigen Menschwerdung folgend. Viel zu lange hatten beide in einem System verharrt, das ohne Unterlass müde Verlierer und gebrochene Menschen zutage förderte. Ein übergeordneter Sinn ließ sich innerhalb der Fabrikmauern nicht ausfindig machen. Die wehrlosen Tiere, über die sie tagtäglich gerichtet hatten, fraßen ihre Seelen mit der Zeit beinahe vollständig auf, ohne dass sie es bemerkten.

Nach einigem Zögern berichtete Knut seinem Leidensgenossen von den lebensverändernden Ereignissen, die sich während seiner Auszeit auf der Halbinselkette vollzogen. Aus Knuts Sicht ergab sich bisher nicht die geeignete Gelegenheit, seinen Arbeitskollegen von den Geschehnissen der Reise berichten zu können. Mit leiser Stimme und schwachem Tonfall erzählte er Jochen von seiner eindrücklichen Begegnung mit dem Fuchsweibchen, auf das er inmitten des Urwaldes traf. Er schilderte ihm, dass die sanftmütige Fähe in der Lage gewesen sei, seine Gefühle wortlos zu deuten. Und dass er sich mit ihr verbunden fühlte – ohne dezidiert begründen zu können, aus welchem Energiefluss die Zusammenkunft gespeist wurde.

„Mein Freund, du hast mir soeben die Ursprünge deiner Existenz geschildert. Die Füchsin scheint dich tief beeindruckt zu haben. Du solltest den Spuren der Fähe folgen – unabhängig davon, in welche Richtung sie dich führen werden."

Als Knut am späten Abend jenes Septembertages den Worten seines Weggefährten nachsann, setzten sich die Puzzleteile seines Lebensbildes, wie von magischer Hand geführt und passgenau verschoben, ohne Unterlass zusammen.

Bist du bereit,

deinen wahren Kern

zu bergen?

KAPITEL ZWEIUNDDREISSIG.

Anna und Knut saßen sich friedvoll gegenüber. Die sympathische Therapeutin schenkte ihrem Klienten ein aufrichtiges Lächeln, nachdem sich die beiden auf den bequemen Polstern der dänischen Schwingsessel niedergelassen hatten. Die filigran ausgearbeitete Skulptur mit dem Abbild der Göttin Artemis beobachtete das Geschehen mit intensivem Interesse. Die fünfzehnte und somit letzte Sitzung stand bevor. Ihre gemeinsame Zeit berichtete von erstaunlichen Fortschritten, die Knut im Verlauf der vorangegangenen dreiunddreißig Wochen erlebte.

Im Zuge der Therapiestunden war er zu der Erkenntnis gelangt, dass seine Mutter Karola nicht die Werfende im Würfelspiel seines Lebens war. Knuts namenlose Großeltern hatten ihre Tochter in frühen Kinderjahren auf Effizienz und blinden Gehorsam getrimmt. Ohne Lob und Einfühlungsvermögen wurde das kleine Mädchen viel zu zeitig groß und hechelte anschließend von einer schulischen Bestleistung zur nächsten. Liebe und Geborgenheit waren für sie zwei Fremdwörter, die in ihrem in Leinen gebundenen Tagebuch, keine emotionale Heimat fanden. Als sie erwachsen wurde, heiratete sie ihren Olaf, um fortan dauerhaften Schutz und redliche Sicherheit zu genießen. Doch auch ihr Ehemann verließ sie abrupt und starb unerwartet und unersetzbar mit nur sechsundzwanzig Jahren. Alleinerziehend und ihren dreijährigen Spross versorgend, geriet sie zunehmend an und über ihre persönliche Leidensgrenze. Mit schmerzendem Herzen und unter großer Qual trennte sie sich von ihrem Kind und so wurde Knut fortan bei Ingrid und Werner groß. Das Tischtuch, welches zu jener Zeit zerschnitten wurde, ließ sich auch in den vergangenen Jahren nicht stimmig zusammennähen. Und doch überwog Knuts Einsicht, dass jeder Mensch eine reelle zweite Chance verdiene – unabhängig von dem zuvor Gewesenen.

In den vergangenen fünfzehn Sitzungen arbeiteten Anna und Knut zudem heraus, dass ihn sein Großvater Werner fortwährend unterstützt, genau wie er es bereits zu Lebzeiten ohne Unterlass tat. Obwohl er mit siebenundsechzig Jahren viel zu eilig starb und Knut seiner Beerdigung nicht beiwohnen konnte, erinnerte ihn jeder Blick auf seine Ruhla-Armbanduhr an Werners liebevolles Wesen. Infolge bewegender Besuche auf dem Friedhof wurde es ihm möglich, seinem Großvater all jene Dinge zuzuflüstern, die zu Lebzeiten unausgesprochen geblieben waren.

Außerdem suchte Knut den Kontakt zu seiner Großmutter Ingrid und besuchte die rüstige Dame auf jenem Gartengrundstück, auf dem er den Großteil seiner Kindheit verlebt hatte. Er entschuldigte sich mit aufrichtiger Geste bei seiner Oma und die beiden umarmten sich über Minuten hinweg innig und gefühlvoll. Als Knut seinen langjährigen Gefährten „Grunz" gesund und munter auf Ingrids Sofa hocken sah, wurde es ihm warm um sein Herz. Die beiden schworen einander, fortan engen Kontakt pflegen und sich in beschwerlichen Zeiten gegenseitig unterstützen zu wollen.

Die junge Therapeutin verhalf ihrem Klienten zu differenzierten Ansichten in Bezug auf das Vergangene und das Unwiderrufliche. Sie schätzte Knuts sanftmütige Natur und ihr bereitete es unschätzbare Freude, ihm auf der größten Reise seines Lebens als weiblicher Wegweiser dienlich zu sein.

„Knut, es freut mich sehr, dass es Ihnen infolge unserer gemeinsamen Sitzungen besser geht. Wir haben erstaunliche Fortschritte erzielt, finden Sie nicht? Ich habe großen Respekt vor Ihrem Mut und der ungebrochenen Kraft, die sie stetig weiter vorantreibt und schlussendlich an Ihr Ziel bringen wird."

Knut freute sich über die gutherzigen Worte, die ihm seine Therapeutin entgegengebracht hatte und erwiderte:

„Anna, ich hoffe sehr, dass Sie recht behalten werden. Es fühlt sich unendlich beruhigend an, nun ohne Panikattacken durch die Welt schlendern zu können. Und auch diese verflixte Zeit bin ich losgeworden. Sie existiert für mich nur noch auf Rathausuhren und S-Bahn-Plänen. Aber ich bin kein Sklave ihres Ticken mehr, zu dessen Rhythmus ich jahrelang bereitwillig hüpfte und sprang, wann immer es ein knappes Zeitfenster von mir verlangte."

Annas Augen glänzten, als sich die Worte ihres Klienten geschmeidig im freien Raum ausbreiteten.

„Knut, es ist wahrlich erstaunlich, mit welchen mentalen Entlastungen die Hypnose behilflich sein kann. Vor allem Ihre Vision mit dem Schweinefuchs und dem Fabelwesen hat mich lange beschäftigt und sehr berührt. Abend für Abend habe ich mir den Kopf darüber zerbrochen, welche Ihrer biografischen Zusammenhänge eine maßgebende Rolle bei dieser Traumvorstellung gespielt hatten. Als wir dann gemeinsam ergründeten, dass es sich bei dem Fabelwesen um eine Mischkreatur mit Anteilen Ihrer beiden Eltern handelte, ging mir ein helles Licht auf. Das Geschöpf hat Ihnen Angst gemacht, weil Sie in Ihrer frühen Kindheit nur selten die Möglichkeit bekamen, den Geschmack von Liebe, Geborgenheit und Sicherheit zu kosten. Dass sich der kleine Knut verteidigend mit seinem Großvater Werner zu einem Schweinefuchs verbündete, lag dann natürlich nahe."

„Ja, mein Opa war derjenige, der mich immer beschützt hat. Selbst als Thilo mich damals verpetzte, kam er freundlich auf mich zu, streichelte meine Stirn und nahm mich in seine warmen Arme. Unberechtigter Tadel war ihm wesensfremd. Und er hat stets sein Wort gehalten und damit mein Überleben gesichert. Ich bin ihm unendlich dankbar."

Knut rang mit dem Fluss seiner salzigen Tränen. Die Erinnerung an seinen Großvater Werner war von beseelten und freundlichen, doch zugleich schmerzlichen und dumpfen Gefühlsregungen getragen. Doch innerlich wusste er, dass sein Opa von immenser Freude erfüllt wäre, wenn er seinen Enkel auf der größten Reise seines Lebens unmittelbar begleiten könnte.

„Ihr Großvater hört und sieht pausenlos, was mit Ihnen geschieht – egal an welchem Ort Sie sich befinden. Und er ist mit Sicherheit sehr stolz auf Sie."

Anna pausierte ihre Ausführungen für einen Moment und überließ ihrem Klienten die nötige Luft, um sich sammeln zu können. Anschließend fuhr sie fort:

„Knut, ich möchte Sie um etwas bitten. Gestatten Sie mir, dass wir einen letzten gemeinsamen Ausflug unternehmen und schauen, an welchem Ort und in welches traumhafte Geschehen uns Ihr Unterbewusstsein entführt. Sind Sie damit einverstanden?"

Knuts feine Lachfältchen wurden durch den tiefen Stand der Nach-
mittagssonne kontrastreich ausgeleuchtet und er verweilte entspannt
in dem schicken Schwingsessel aus dänischer Möbelfertigung. Er
nickte wortlos und signalisierte seiner Therapeutin zeitgleich, dass
sie sein volles Vertrauen genoss. Als Anna die Hypnose anleitete,
bewegten sich die letzten Puzzleteile an ihren korrekten Platz und
füllten die verbliebenen Leerstellen mit Form und Farbe. Das finale
Bild, das sich aus den zahllosen Fragmenten zusammengesetzt hatte, zeigte einen eleganten Turm, der auf einem denkwürdigen Hügel und hoch über der vielschichtigen Landschaft thronte.

Die letzte Etappe ist

von großem Leid erfüllt.

In diesem Schmerz ruht das Glück.

KAPITEL DREIUNDDREISSIG.

Der wilde Fluss mit siebenundzwanzig Metern Breite teilte das Areal mittig auf und ließ zwei großformatige Auen entstehen. Hoch auf dem Hügel thronte ein Plateau, das mit der Horizontlinie der tiefen Nacht eine Einheit bildete. Nur einige Buchen und verwilderte Heckenläufe säumten den mystischen Landstrich. Der letzte Glockenschlag des hohen Turms lag vier Stunden in der Vergangenheit, als sich die buschige Mähne des Stieres an der Bewegung der kühlenden Brise orientierte.

Der männliche Rothirsch stand stolz und breitbrüstig im weichen Grasland, während er einen röhrenden Ruf über das Gelände streifen ließ. Zugleich markierte er das ausgedehnte Territorium mit dem Sekret seiner Tränengruben. Ein feiner Nebelschleier umhüllte sein prächtiges Geweih. In den Augen des Tieres spiegelte sich der treibende Flusslauf und das helle Licht des vollen Mondes wider. Schritt für Schritt näherte sich der Paarhufer der Wasserstelle. In seinem Lebensraum kannte er keine natürlichen Feinde und so war es ihm nach freiem Belieben möglich, seinen Durst zu stillen, wann immer er es für nötig erachtete. Seine Zunge nahm das flüssige Nass auf, während er mit gesenktem Kopf an der Uferstelle verweilte.

Auch die größte aller Eulen war zugegen und beobachtete mit scharfem Sehsinn jedes noch so feine Detail, das sich unter dem klaren Himmel jener Nacht abspielte. Der Uhu verharrte auf einem stabilen Ast einer stattlichen Eiche, die sich etwa sechsundachtzig

Meter entfernt von der Trinkstelle des Rothirsches befand. Die orangegelbe Iris der Vogelaugen stellte den hellsten Lichtpunkt außerhalb des üppig behangenen Sternenhimmels dar. Ausreichend gesättigt und friedfertig wirkend, ruhte der König der Nacht über seinem Reich. Ein Rabenvogel, der die Szenerie in hohem Bogen überflog, weckte die Aufmerksamkeit der Eule.

Die männliche Dohle kreiste in einem gekonnten Wechsel aus raschen Flügelschlägen und kraftschonendem Segeln über das anmutige Areal. Mit welcher Intention sie das Gebiet umfassend musterte, ließ sich zu diesem Zeitpunkt nicht abschließend klären. Ihr virtuoses Flugverhalten deutete allerdings darauf hin, dass sie sich auf akribischer Suche nach nächtlicher Beute befand.

Ein männlicher Rotfuchs mit sanften Gesichtszügen begab sich eiligen Schrittes und entlang des schmalen Pfades durch das trockene Hügelland. Hinauf zur Hochebene wählte der Rüde den effizientesten Weg aus, um seine gebündelten Kräfte behutsam einsetzen zu können. Mit siebenundsechzig Metern Abstand folgte ihm ein erfahrenes Wildschwein, das denselben Pfad zu verfolgen schien, den der rothaarige Wildhund nahm. Versetzt und doch synchron laufend, schritten die beiden Tiere energisch voran und bezwangen die Neigung des steilen Hügels gemeinschaftlich. Mit seinem hellen Schein wies der Mond den beiden den richtigen Weg. Der Erdbegleiter thronte hoch über dem Plateau und verteilte das reflektierte Sonnenlicht behutsam über dem magischen Landstrich. Der rothaarige Rüde und der braunborstige Keiler bewegten sich ohne Unterlass und Pause. Der hohe Turm diente ihnen als Fixpunkt in dem Dickdicht aus windflüchtigen, verdorrten Grasbüscheln und dornigen Hecken, die inmitten der Felsvorsprünge wucherten.

Als sie den letzten schroffen Anstieg überwunden hatten, präsentierte die offene Ebene ihre vollkommene Weite. Die Schattenrisse von Flora und Fauna ergaben ein omnipräsentes Abbild jener Natur, die diesen Hügel besiedelt hatte. Die beiden Tiere stoppten, als sie das imposante Geweih des Rothirsches erblickten. Der wilde Fluss, an dessen Ufer der Stier fortwährend trank, schnitt den beiden den direkten Weg zum Glockenturm ab. Der Fuchs musterte gewissenhaft die Umgebung und lotete sogleich die Möglichkeiten einer alternativen Route aus. Der rothaarige Wildhund sichtete im unteren Flusslauf einen starr liegenden Baumstamm, der sich für den sicheren Übertritt des Stromes eignete. Zügigen Schrittes wanderte das Tier weiter und der ausgewachsene Keiler folgte ihm beharrlich. Balancierend überquerten die Weggefährten das fließende Hindernis und erreichten anschließend das saftige Grasland der gegenüberliegenden Aue. Der Weg zum hohen Turm war vollkommen frei und in Sichtweite. Die tierischen Wanderer erhöhten ihre Laufgeschwindigkeit und schritten unaufhaltsam ihrem Ziel entgegen.

Dreiunddreißig Meter vor dem Eingang des Glockenturmes wurde der sanftmütige Rotfuchs von der männlichen Dohle angegriffen, die oberhalb des Geländes nach lebendigem Futter Ausschau gehalten hatte. Obwohl der viel zu große Wildhund nicht in das Beuteschema des Rabenvogels passte, attackierte ihn der gefiederte Allesfresser mit spitzen Schnabelschlägen an seiner Nackenpartie. Der Fuchs vollzog wilde Ausweichmanöver und rannte einige Meter davon, doch der listige Vogel ließ seine potenzielle Beute nicht ziehen. Als sich der rothaarige Wildhund zu ergeben schien und bewegungslos auf dem Grasboden verharrte, setzte sich die größte aller Eulen in Bewegung. Der Uhu verließ seinen stabilen Ast, vollzog anschließend vier kräftige Flügelschläge und glitt fokussiert in Richtung Boden. Die Dohle bediente sich derweil an dem Fleisch seines

Opfers und pickte schnabelgerechte Stücke aus dem Leib des Tieres. Doch das große Fressen währte nicht länger, als die opulente Eule im Anflug ihre Krallen ausrichtete und die Dohle sogleich mit festem Griff erbeutete. Die stechend helle Iris des Rabenvogels reflektierte die rote Fellfarbe des Opfers für Bruchteile einer Sekunde. Anschließend verschwand der mächtige Uhu samt seiner Beute im undurchsichtigen Baumdickicht, das sich in der Landschaft um den Turm herum verwurzelt hatte.

Mit seiner feinfühligen Schnauze berührte das erfahrene Wildschwein den verletzten Rotfuchs. Der anhängliche Paarhufer animierte den Wildhund, die letzten Meter des gemeinsamen Weges zu gehen. Unter Schmerzen erreichte der Rüde zusammen mit dem Keiler den Eingangsbereich des Turmes. Er bedankte sich wortlos bei seinem borstigen Wegbegleiter und schritt hinkend weiter. Die 1986 Stufen des massiven Gemäuers bezwang der Kämpfer allein. Am höchsten Punkt angekommen, umwehte ihn die nächtliche Hügelbrise. Der helle Mond leuchtete den offenen Bereich des Glockenturmes umsichtig aus.

Als der verletzte Rotfuchs zur Ruhe gekommen war und seine Schmerzen für einige Sekunden vergessen hatte, bemerkte er in unmittelbarer Nähe ein feines Tippeln, das den steinigen Boden mit sanftem Schall überzog. Der müde Windhund neigte seinen Kopf um neunzig Grad und erblickte sogleich ein Fuchsweibchen mit wachem Blick. Die Fähe setzte ein kurzes, freundliches Bellen aus und leckte anschließend behutsam die Wunde seines Artgenossen. Der Glockenschlag des hohen Turmes verwies auf den Anbeginn eines gemeinsamen Lebens.

Und die Zeit verschwindet,

statt stillzustehen –

durchzogen von

zwei liebenden Seelen.

Weimar, im Frühjahr 2020.

DANKSAGUNG.

Ich möchte mich herzlich bei allen Menschen bedanken, die diesen Roman ermöglicht haben. Insbesondere bei der Füchsin, die mich tagtäglich begleitet.

ÜBER DEN **AUTOR.**

Roy Koepsell, geboren im Juli 1986, ist ein deutscher Autor und Sinnsucher.

Seit seiner frühen Jugendzeit genießt er es, sich und seiner Gefühlswelt mit aufrichtigen Worten Ausdruck zu verleihen. Mit kleinen Gedichten und Versen ließ er sich durch die Zeit treiben. Doch diese dienten ihm sogleich als Anker, der ihn festhielt, wenn der Wind auffrischte und kühlere Luftmassen eintraten.

Er betrachtet sich als ein lebenslanger Forscher, der den Kern unseres menschlichen Daseins aufspüren und in seinen Romanen und Texten für seine Leser sichtbar machen möchte.

Zeitfracht Medien GmbH
Ferdinand-Jühlke-Straße 7
99095 Erfurt, Deutschland
produktsicherheit@kolibri360.de